die
blutroten
tomaten
der
rosalía
morales

Dietmar
Schönherr

Die blutroten Tomaten der Rosalía Morales

zweite erweiterte
Liebeserklärung
an eine unwirsche
Geliebte

Eichborn.

Die Deutsche Bibliothek – CIP-Einheitsaufnahme

Schönherr, Dietmar:
Die blutroten Tomaten der Rosalía Morales /
Dietmar Schönherr. – Frankfurt am Main : Eichborn, 2000
ISBN 3-8218-0844-6

Umschlaggestaltung: Moni Port
unter Verwendung des Bildes »Obstverkäuferin« von Olga Costa

Lektorat: Doris Engelke
Satz: Fuldaer Verlagsagentur, Fulda
Druck und Bindung: Clausen + Bosse, Leck
ISBN 3-8218-0844-6

Verlagsverzeichnis schickt gern:
Eichborn Verlag, Kaiserstraße 66, D-60329 Frankfurt am Main
www.eichborn.de

1985 schrieb ich das Buch *Nicaragua Mi Amor*. Heute, vierzehn Jahre später, folgt nun die zweite, unwiderruflich letzte Liebeserklärung an meine Auserkorene, die ich inzwischen allerdings etwas besser kennengelernt habe. Sie wird beim Lesen nicht immer lachen, manche Geschichten werden weh tun wie eine Wurzelbehandlung. Da meine Novia aber über ein unkalkulierbares Maß an Selbstironie und Humor verfügt, hoffe ich sehr stark, daß sie mir ihre rauhe Zärtlichkeit nicht entzieht und mir weiter im Wort bleibt, das ich ihr 1985 unvorsichtigerweise gegeben habe.

Dieses Buch ist Luis Amado gewidmet, einem Helden und gebrannten Kind der Revolution.

Der Krieg begann pünktlich um 11 Uhr 37. Caccorro Chamorro hob die Hand zum Zeichen des Angriffs.

Da warf Rosalía Morales die erste Tomate. Sie war dunkelrot und für menschlichen Verzehr nicht mehr geeignet. Klatsch machte es, und Caccorros ohnehin gerötetes Gesicht war tomatenüberströmt, der rötlich-schleimige Saft tropfte auf sein nicht mehr ganz sauberes Hemd. Er sah aus wie Sylvester Stallone nach mehrstündiger Behandlung durch seinen Maskenbildner in einem seiner publikumsträchtigen Hollywood-Melodrame – noch aufrecht stehend, aber vom sicheren Heldentod gezeichnet. Stumm, aber mit einer Geste von pavarottihafter Tragik, wischte er den Tomatenschleim von seinem haarlosen Schädel.

Es nützte nichts.

Rosalía traf zum zweiten Mal. Und dieses Mal war es ein Ei: Caccorro, eine expressionistische Farbsinfonie in Technicolor.

Die Muchachos, seine Leibwächter, starteten den Gegenangriff. Caccorro war immerhin der zwar nicht gewählte, aber doch vom Staatsminister der Präsidentschaft juristisch korrekt ernannte Bürgermeister der Stadt, und derartige Insubordinationen des Marktpersonals konnten nicht geduldet werden.

Es flogen in rascher Folge Eier, Tomaten, reife Mangos und überreife Papayas von gewaltigem Umfang, denn nirgends auf der Welt sind die Papayas so groß wie im Lande Sandinos. Caccorro hatte sich die Jacke über den Kopf gezogen und warf blind.

Die Muchachos standen bis zu den Knöcheln in der farbenfrohen Pampe. Die Marktfrauen kreischten in schier unerreichbarem Falsett, sie waren in der Überzahl und die besseren Werfer. Außerdem benutzten sie ihre Verkaufstische als Schilde, wie sie es im Fernsehen bei allen möglichen Polizeieinsätzen gesehen hatten.

Um 11 Uhr 58 erklang die erste Polizeisirene, etwas asthmatisch, aber unüberhörbar. Eine zweite, offenbar im Stimmbruch, gesellte sich dazu. Dann waren's vier – ein heulendes Quartett von Martinshörnern, die in Nicaragua natürlich nicht Martinshörner heißen, gemischt mit dem blechernen Gebimmel der Mittagsglocken. Ein Ohrenschmaus für jeden Rundfunktonmeister, einzuordnen im Archiv der Hörspielgeräusche, Rubrik: »Infernalischer Lärm«.

Die Polizeifahrzeuge, ein Geschenk der RADA, Republica Democratica Alemana, sprich: Ex-DDR, näherten sich dem Ort des Grauens mit größter Vorsicht. Ein Wartburg blieb sogar in dem Tomatenglitsch stecken, die profillosen Reifen drehten durch wie wild und schleuderten die glitschige Pampe auf die Partei des Bürgermeisters, so daß auch die bisher Unversehrten mit sommersprossenartigen Sprenkelungen übersät wurden.

Ein junger Polizist stieg aus dem Pannenauto, schlenderte gemächlichen Schrittes auf den Bürgermeister zu, holte aus dem Hosenbund ein paar

Handschellen – Geschenk der RAFA, Republica Federal Alemana, sprich: Bundesrepublik – und legte sie – klack – dem verblüfften Caccorro an. Atemlose Stille.

»Ich verhafte Sie, Señor Alcalde, wegen öffentlicher Ruhestörung und groben Unfugs«, sagte er laut und deutlich. Dann führte er Caccorro zu einem der funktionstüchtigen Streifenwagen, schubste ihn auf die Rücksitze, knallte die Tür zu und winkte dem Fahrer mit einer lässigen Handbewegung: »Vamos amigos« oder auch »Ab durch die Mitte«.

Das Polizeiauto mit Caccorro setzte sich langsam in Richtung Stadtgefängnis in Bewegung. Die Marktfrauen klatschten emphatisch, und Rosalía plazierte noch eine Abschiedstomate auf das Heckfenster der »Grünen Minna«.

Kurze Zeit später kam ein Feuerwehrauto, Geschenk der URSS, sprich: Sowjetunion, und spritzte die Straße, den Markt und die Aufrührer sauber.

Im Polizeiauto sagte Caccorro, der Bürgermeister, zu dem jungen Polizisten, der das Fahrzeug chauffierte: »Pepe, schau, wie ich aussehe, ich mach dir dein ganzes Auto dreckig. Hinter der nächsten Straßenecke ist mein Haus. Laß mich kurz raus, damit ich mich waschen und was Sauberes anziehen kann.«

Pepe hielt an. Der Bürgermeister stieg aus und winkte dankbar zurück.

Er verschwand im Tor seines Hauses, schwere Riegel wurden hörbar vorgeschoben. Caccorro war verschwunden und kam nicht wieder zum Vorschein.

Der Polizist Pepe, mit Nachnamen Ortega, wurde drei Tage eingesperrt. Wegen Dummheit.

Nachdem sich die Kerkergitter hinter Pepe geschlossen hatten, geschah erst mal gar nichts.

Fünf Minuten später rasselten Schlüssel, Stimmengewirr drang an Pepes dankbares Ohr. Zwölf weitere Personen aus Caccorros Gefolge wurden in die unwirtliche Zelle gestoßen, außerdem Doña Rosalía Morales und ich. So kam ich in ein nicaraguanisches Gefängnis.

Nun sitze ich hier und warte auf meine Verhandlung. Die Anklage lautet auf öffentliche Ruhestörung und Verächtlichmachung einer Amtsperson, des Bürgermeisters von Granada. Dessen Vorgänger, Annibal, übrigens ein Neffe von Doña Rosalía, hatte mich vor gar nicht langer Zeit zum »Hijo Dilecto«, zum Ehrenbürger von Granada, ernannt. Als ich das dem Haftrichter sage und zum Glück auch noch die Ernennungsurkunde vorweisen kann, erweitert er die Anklage auf Beleidigung der Stadt und ihrer Bürger.

»Aber ich habe ja gar nicht geworfen«, sage ich wahrheitsgemäß, »keine einzige Tomate.«

»Stimmt«, sagt er, »aber laut Protokoll haben Sie gelacht.«

»Ich wußte nicht, daß Lachen in diesem Land verboten ist.«

»Sei vorsichtig, Mann«, sagt er gemütlich, »sonst kommst du hier nie wieder raus.«

»Aber ich habe doch nur fotografiert, und das kann ja nun wirklich nicht verboten sein.«

Auf seinem Gesicht erscheint ein wehmütiger Zug. Er wird doch nicht zu weinen anfangen, denke ich beunruhigt. Er schüttelt kaum merklich den Kopf. Dann schreibt er ins Protokoll: Spionage im Auftrag eines nicht näher bekannten Geheimdienstes.

Hochverrat. Drei Ausrufungszeichen.

»Mann Gottes«, sage ich verzweifelt, »ich liebe dieses Land, ich habe Millionen Dollar hierhergebracht, ich …«

»Liebe ist nicht käuflich«, schneidet er mir das Wort ab, »kein Mensch hat dich um deine Liebe gebeten. Es gibt Umarmungen, in deren Wucht man erstickt.«

»Ich habe es wirklich gut gemeint«, sage ich traurig.

Er nimmt seine Papiere und geht zur Zellentür. Dort dreht er sich noch einmal um.

»Hüte dich vor denen, die's gut mit dir meinen, hat mein Vater immer gesagt ...«

Spricht's und knallt die Tür hinter sich zu.

Als ich heute aus dem Zellenfenster sehe, entdecke ich den Kometen. Majestätisch zieht er seinen Schweif durch den nächtlichen Himmel.

Der Stern von Bethlehem, denke ich.

Ich rufe den Wärter und zeige ihm den Compañero »Hale Bopp«. Er kneift die Augen zusammen, sieht aber nichts. Wahrscheinlich guckt er in die falsche Richtung.

Er geht und bringt ein Fernglas.

Der Komet sieht ganz plastisch aus, dreidimensional, und auf einmal entdecke ich Sülle, meine Schwiegermutter, wie sie auf ihm in den Himmel reitet. Sie hat die Augen halb geschlossen und den Mund weit offen, als würde sie schreien: Engel, ich komme ...

Wir haben sie vor 14 Tagen, kurz vor meiner Abreise, begraben, und wie in einem Brennglas sehe ich ihr kleines, wachsbleiches Gesicht mit der straffen, faltenlosen Haut über den Backenknochen, so winzig und hilflos in ihrer eiskalten Todeskammer.

»Wird er uns erschlagen?« fragt Amado, der Wärter.

»Wer?« frage ich.

»Na, der Komet.«

»Nein, mein Lieber, er ist hunderttausend Meilen weit entfernt und schwitzt sich jetzt zu Tode ...«

»Was du nicht alles weißt«, sagt er, und ich höre sein Lachen noch, als er längst gegangen ist.

Am nächsten Tag, Freitag, der 13.

Amado kommt in die Zelle, druckst herum.

»Ich muß dir deine Uhr abnehmen«, sagt er dann. »Uhren sind im Gefängnis verboten.«

Ich gebe ihm die Uhr, eine Rolex aus Stahl, aber immerhin.

»Was machst du damit?« frage ich.

»Verkaufen«, sagt er. »Meine Frau hat Tuberkulose, und ich verdiene 1200 Cordobas im Monat.«

Ich sage: »Es ist eine gute Uhr, verkauf' sie einem Gringo, da kriegst du mehr.«

»Ich verkauf' sie dir«, sagt er. »Was bietest du?«

Ich kaufe sie ihm ab, für 910 Cordobas, das sind 100 Dollar.

»Okay«, sage ich, »und jetzt? Ich dachte, Uhren sind verboten.«

»Jetzt nicht mehr«, sagt Amado und küßt mich auf beide Wangen.

Donnerstag, der 19.

Heute abend wäre Konzert in unserem Kulturinstitut, der Casa de los tres Mundos, im Café »Vienes«.

»Schade, daß du nicht hingehen kannst«, sagt Amado.

Beim Abendrundgang läßt er die Tür unversperrt. Ich schleiche leise aus der Zelle. Neben dem Haupteingang steht Amado und schaut durch ein winziges, vergittertes Fenster in die Landschaft hinaus. Ich tippe ihm leise auf die Schulter und flüstere, um ihn nicht zu erschrecken:

»Wenn du mitkommst, kann ich dir nicht weglaufen.«

Er schüttelt den Kopf, ohne sich umzudrehen.

»Kein Geld«, flüstert er.

Ich stecke ihm 200 Cordobas in die Jackentasche seiner Uniform. Er tastet nach dem Geld.

»De acuerdo«, sagt er, »ich komme mit.«

Das Café »Vienes« ist ziemlich voll. Ich setze mich in die hinterste Ecke, mit dem Rücken zum Tresen. Amado setzt sich vor mich. So habe ich Brust- und Rückendeckung. Mariano, der Wirt, begrüßt mich überschwenglich.

Ich halte den Zeigefinger vor den Mund und lasse ein unmißverständliches »Ssst« hören.

Von meinem Platz aus kann ich auf die Arkaden vor dem Café und die Plazuela de los Leones schauen. Gegenüber, unter dem dachartigen, feinblättrigen Baum, dessen Namen ich nicht weiß, sitzen Kinder und ein Liebespärchen.

Amado spendiert mir einen Schnaps, er selbst nimmt ein Bier, eine »Victoria«:

»Ich bin im Dienst«, sagt er lächelnd.

Jetzt kommt auch Maximilian auf mein Versteck zu, längst hat es sich herumgeflüstert, daß ich da bin. Maximilian ist der technische Direktor der »Casa« und die Seele des Ganzen. Ich nenne ihn – in Kindheitserinnerung an Karl May – »Trapper Geierschnabel«, weil er eine gewaltige Nase hat. Er lächelt mich leicht verunsichert an. »Qué tal?« fragt er leise.

»Könnte nicht besser sein«, sage ich noch leiser. »Ich schreibe an einem Buch, endlich habe ich Zeit.«

»Die österreichische Bundesregierung hat einen Auslieferungsantrag für dich gestellt. Du sollst vor ein österreichisches Gericht, wegen Spendenmißbrauchs. Du sollst ungefähr 30.000 Schilling irgendwie ungesetzlich auf ein Privatkonto transferiert haben«, sagt er grinsend, »die 30.000, die du mir mitgebracht hast ...«

»Wie lautet die Anklage?« will ich wissen.

»Du hättest mit dem Geld abstürzen können, sagt das Gericht ..., dann wär's futsch gewesen.«

»Ist das Ernst oder ein Burgenländer-Witz?«

»... doch nur Formsache, damit du rauskommst. Hier blühen dir ein paar Jahre.«

»Da krieg ich endlich mein Buch fertig!«

Amado legt den Finger an die Lippen und schüttelt leise den Kopf. Es gefällt ihm nicht, daß wir deutsch reden.

»Okay«, sage ich, »okay.«

Inzwischen hat das Konzert begonnen. Ich kann die drei Musiker, Gott sei Dank, von meinem Versteck aus sehen: eine Gitarre in geblümtem Hemd und zwei Bambusflöten in zerrissenen Jeans (Mooshammer würde in Tränen ausbrechen).

Die Gitarre ist gut, leicht angedudelt, borracho, die eine Flöte ist sehr gut, die andere noch besser, grandios.

Die beiden Flötisten pfeifen sich in rasenden, stakkatohaften Kantilenen an – es ist ein Tanz, ein Zwiegespräch, wie das Geschnatter der Marktweiber. Zwischendurch tänzeln die Musikanten wie unabsichtlich zu einer Bierflasche, die auf einem Hokker abgestellt ist, nehmen einen Schluck als Stärkung, das Pausenbrot der Musiker, obwohl sie nicht die kleinste Pause einlegen. Die Finger rasen über die Schallöcher der kleinen Flöten, und zwischen Ring- und kleinem Finger ist noch Platz für eine brennende Zigarette.

Das Stück ist aus. Anschwellender Applaus, die Nicas brauchen immer etwas Anlauf, bis sie begeistert sind.

Ich springe auf, pfeife G.I.-mäßig auf den Fingern. Amado drückt mich auf meinen eisernen Thonetsessel nieder, zischt ungnädig.

Er kramt eine Faschingsmaske aus seiner Uniformjacke – so eine, wie sie bei den Guegüense-Fiestas getragen werden: aus Hennengitterdraht gepreßt, von kitschig-lieblichem Rosa und höchst dümmlichem Ausdruck.

Ich setze die Maske auf. Amado nickt zufrieden.

»Wie heißen die Flötenspieler?« frage ich Maximilian.

»Sokrates und Ramón, zwei Brüder. Sie haben ein Lokal in Managua, ›Mala Nota‹ – ›Zum Schlechten Ton‹. Warte, wenn Ramón seine Klarinette rausholt, da drehst du durch.«

Die Stimmung beginnt zu brodeln.

Ein Straßenmusiker, den ich schon Jahre kenne, schwankt auf mich zu.

»Ich weiß, wer du bist«, sagt er zu meiner Maske, »niemand hat so große Füße wie du.«

Dann küßt er mich trocken auf die Maske und feucht auf den Hals.

»Amigo mio«, flötet er, »padre, amigo fraterno … ich brauche eine neue Gitarre …«

»Hast du sie endlich angezündet?« frage ich dumpf durch die Maske.

»Nein, verkauft«, sagt er wehleidig, »meine Kinder haben sie aufgefressen …«

Amado schubst ihn weg. Er paßt wirklich gut auf mich auf!

Ramón hat auf geheimnisvolle Weise seine Klarinette hervorgezaubert. Er spielt Kolumbianisches, Karibisches, er bläst sich die Seele aus dem Leib. In einer Pause fragt er: »Irgendwelche Wünsche?«

Mich reitet der Teufel. Ich rufe: »Sidney Bechet!!!«

Er überlegt den Bruchteil einer Sekunde. Dann spielt er »Petit fleur«, wie ich es schöner nie gehört habe, auch nicht von Sidney Bechet.

Ich springe auf, klatsche. Amado läßt es zu. Ich klopfe ihm begeistert auf die Schulter. Da steckt er die Finger in den Mund und pfeift, wie er es vorher bei mir gesehen hat.

Jetzt erkenne ich durch den Zigarettenqualm, der in dicken Schwaden durch das Lokal wabert, daß Ramón überraschenderweise ein Röckchen angezogen hat, eine Art Kilt, den er – wie ich später feststelle – der Wirtin Joana abgeluchst hat. Er hüpft und tanzt zu einer chilenischen Polka, und das Röckchen hüpft mit und zeigt sekundenlang, was er da zwischen den behaarten Beinen zu bieten hat. Die Frauen kreischen, die Männer pfeifen. Das Stück ist aus, und beim Applaus lüftet er überflüssigerweise noch einmal sein Tutu. Ein Sturm der entrüsteten Begeisterung bricht los, und die Kunde von diesem gewaltigen Ding verbreitet sich wie ein Lauffeuer in der Stadt.

Maximilian sagt: »Er hat in Berlin und Paris studiert, war Solist im staatlichen Symphonieorchester. Bei einem Galakonzert im Teatro Ruben Dario spielten sie ein Mozart-Werk für Orchester und Soloklarinette. Im zweiten Satz hatte er sein großes Solo.

Er stand auf und spielte, zehn Minuten lang, eine Jazzimprovisation im Stil von Eddy Daniels.

Die Leute tobten, teils aus Wut, teils aus Begeisterung.

Er wurde entlassen.

Seither hat er das ›Mala Nota‹.«

Der Abend ist zu Ende.

Amado bringt mich zu Fuß nach Hause, in die vergitterte Schreibstube. Der Komet schwitzt immer noch vor dem Fenster – der Mond verhüllt heute sein Haupt. Aus dem Radio weiß ich, es ist eine partielle Mondfinsternis. Achternbusch fällt mir ein: »Der Mond is a nackerte Kugel«, aber dann kommt mir ein Gedicht in den Sinn, an das ich Jahre nicht mehr gedacht habe, Matthias Claudius: »Der Mond ist aufgegangen …«.

Ich sage es leise vor mich hin, nur bei den letzten Zeilen, mit Blick auf die Mülldeponie, ändere ich den Text, und er geht jetzt so:

»… der Wald ist schwarz und schweiget,
und aus Basura steiget
der weiße Nebel wunderbar …«

Amado schaut mit großen Augen.

»Deutsch ist gar nicht so häßlich, wie ich immer gedacht habe. Basura hab' ich übrigens verstanden.«

Ich schweige. Amado schweigt. Die Glocke kündet Mitternacht. Amado – weiß der Teufel, wo er das Zeug herhat – dreht uns einen Joint.

»Um Mitternacht singt der Pocoyo«, sagt er und nimmt einen tiefen Zug.

»Wer is'n das?« frage ich, weil ich's wirklich nicht weiß.

»Der Pocoyo ist doch ein Vogel, verdammt, ein Vogel mit blauem Gefieder, … oder war's grün, ich weiß es nicht mehr …« Er muß plötzlich furchtbar lachen, »ein Vogel, ein schräger Vogel, wie wir zwei …« fügt er glucksend hinzu. Und als hätte der Pocoyo das gehört, fängt er wie aufs Stichwort an zu singen, zärtlich und sehnsuchtsvoll wie die Nachtigall bei Romeo und Julia.

»Ich habe keine Ahnung, woher der Pocoyo weiß,

daß es Mitternacht ist, aber du kannst deine Uhr nach ihm stellen.«

Das Gras fährt mir tief in die Eingeweide.

»Vielleicht …«, sage ich und weiß schon nicht mehr, was ich sagen will, »vielleicht …«

»Na, sag schon«, brummt Amado. »Du schläfst ja während des Redens ein.«

»Vielleicht …« – Pause.

Überfallartig kommt das Gedächtnis wieder, kommt der Gedanke zurück: »Vielleicht weckt ihn seine Frau und sagt: Pepito, jetzt mußt du singen, es ist Mitternacht …«

»Doktor Schweitzer …« fügt Amado tonlos hinzu. Er bläst den Rauch nachdenklich in die Luft. »Vielleicht singt gar nicht er …«, sagt er mit veränderter Stimme, baßartig.

»Vielleicht singt sie, die Doña Pocoya – und er wippt mit dem Schwanz den Takt dazu …«

»Findest du das komisch?« frage ich ihn.

Ich habe plötzlich irrsinnigen Hunger.

Montag, der 23.

Amado reißt die Zellentür auf.

»Du wirst abgeholt«, sagt er heiser, »pack deine Klamotten …«

»Wohin denn?«

»Flughafen und ab nach Australien.«

»Ich bin von Austria, Mann Gottes, nicht Australien.«

»No importa«, sagt er widerspenstig.

Ich schenke ihm endgültig meine Rolex: Als ich ins Polizeiauto steige, wieder mal in Handschellen, seh' ich, daß er weint.

Im Flughafen werde ich in den Warteraum des »protocolo« geführt und bekomme Nescafé.

Nach 20 Minuten kehrt der Polizist zurück, schließt meine Handschellen auf und sagt: »Irrtum. Die Regierung hat deine Auslieferung rückgängig gemacht. Die Papiere haben sich gekreuzt.«

Wir fahren nach Granada ins Gefängnis zurück.

Amado weint wieder ein bißchen, als er mich sieht. Wortlos gibt er mir die Rolex zurück und trägt meinen kleinen Rucksack in die Zelle. Auf das Fensterbrett hat er mir einen blühenden Kaktus gestellt.

Das Foto des Kometen Hale Bopp, das ich aus dem »Nuevo Diario« ausgeschnitten habe, hängt noch an der Wand.

Ich klappe den Eßtisch von der Wand und notiere stehend in mein Büchlein: Dem Himmel sei Dank. Die Literatur ist gerettet. »Zeit zu Schreiben.«

Jueves, der 26.

Die Diät im Gefängnis ist streng.

In der Früh Gallopinto, mittags Gallopinto, abends Gallopinto: Reis mit Bohnen, Reis mit Bohnen, Reis mit Bohnen, Reis mit … usw.

Ob's mir langweilig wird, fragt Amado.

Es schmeckt mir von Mahlzeit zu Mahlzeit, von Tag zu Tag, von Woche zu Woche besser. Ich bin dem Gallopinto verfallen. Ich möchte nie mehr etwas anderes essen, ich bin ein Gallopinto-Addict.

Der Wirt vom Café »Vienes« hat mir einen Sack ungeschälten Reis geschickt und eine Gallone Sonnenblumenöl, Girasol-Öl, Sonnendreheröl oder Sonnendrehblumenöl, denn sie drehen ihre Gesichter nach der Sonne. Was hat der gute Gott ihnen da für einen Eigensinn eingebleut?

Mann, jetzt schmeckt der Gallopinto noch besser.

Wenn ich jemals hier rauskomme, werde ich mit Biolek ein Kochbuch schreiben: Gallopintissimo; der einzige Bestseller, der nur eine Seite lang ist. Das schont den Wald!

Habe schon sieben Kilo abgenommen.

Amado bringt Orangen, damit mir die Zähne nicht abhanden kommen.

Bei starkem, mit großer Geschwindigkeit erfolgendem Gewichtsverlust soll das Gehirn einen wahren Wettlauf mit dem Verhungern antreten, die Gedanken rotieren mit der Rasanz einer Zentrifuge; das verleiht dem Betroffenen das Gefühl einer gewissen Heiligkeit. In diesem Zustand zwischen geistiger Schwerelosigkeit und körperlicher Levitation, sprich: Himmelfahrt, rufe ich Amado in den verschwitzten Schreibkäfig.

»Hör mal«, sage ich, »unter den Sandinisten gab's doch den ›offenen‹ Strafvollzug nach schwedischem Muster, oder?«

»Richtig«, sagt Amado, der sich noch im Wattebausch der Siesta befindet.

»Was hat man darunter zu verstehen?«

»Na ja, alle Türen sind offen, du kannst gehen, wohin du willst.«

»Und keiner ist gegangen?«

»Nein, natürlich nicht. Keiner hatte Lust, sich von der Contra oder von den Soldaten des Ejercito erschießen zu lassen. Also blieb man schön hinter den ›schwedischen Gardinen‹, wie das sinnigerweise heißt.«

»Wer hatte diese geniale Idee?« frage ich überwältigt.

»Na, Tomás natürlich, unser Polizeiminister. Nach dem Sieg der Revolution hat er als erstes die Todesstrafe abgeschafft.«

Ich applaudiere begeistert.

»Ist es der, der euer gesamtes Polizei- und Sicherheitssystem reformiert hat?« frage ich verunsichert.

»Na klar«, brüstet sich Amado, »ich bin alles andere als ein Sandinist, aber unser Polizeiwesen war Weltklasse, haargenau nach dem Modell der RADA, der Deutschen Demokratischen Republik.«

»Ja, ich erinnere mich noch an die widerlichen, kreisrunden Tellerkappen und an die Verkehrsinseln. Man hatte das Gefühl, man ist in Karl-Marx-Stadt. Und wenn man am Flughafen ankam mit den Schilderhäuschen und den schrägen Spiegeln, konnte man meinen, in einem durch die Klimakatastrophe überhitzten Helmstedt anzukommen. Hatte denn dieser Tomás gar keine Ratgeber?«

»Du bist gut«, schnaubt Amado. »Ohne ihn hätten wir auch keinen einzigen von diesen herrlichen Wartburgs und Ifas und Roburs, du sollst ruhig ein bißchen Respekt zeigen, wenn du von ihm sprichst.«

»Entschuldige«, sage ich und schäme mich.

Er rückt ganz nahe an mich heran. Ich rieche, daß er eine Menge Knoblauch gegessen hat.

»Wenn du's nicht weitersagst«, flüstert er, »ich hab' ihn einmal ganz aus der Nähe gesehen. Er ist ein aufgeplusterter Zwerg mit einer Riesenzigarre, und als er die Kinder streichelte, die ihm Blumen überreichten, ist es mir kalt über den Rücken gelaufen.«

»Du bist in deinem Urteil ziemlich giftig«, sage ich, »wie eine von diesen Taranteln, die in den Bananenstauden hocken ... Was ist denn mit der christlichen Nächstenliebe?«

Wir schweigen beide erschöpft.

Ich muß an Berlin denken, an einen evangelischen Kirchentag. Da gab es einen »Lateinamerika-Tag«, und auf dem Plakat hatte ich den Namen Borge entdeckt, und ich dachte, was macht denn der hier, weil ich meinte, es sei der weltberühmte dänische Komiker, aber als er dann auf die Bühne kam in der martialischen Uniform der »Comandantes«, da merkte man gleich, daß das kein Komiker war, und ich las im Programmheft, daß dieser Borge nicht Victor hieß, sondern Tomás, und zehntausend friedenshungrige Gläubige lauschten ihm mit Andacht, und was er sagte, war gut, auch wenn er für einen Marxisten etwas viel von Gott redete. Er schloß mit den Worten: ›Die Revolution ist die Liebe, die Liebe ist die Revolution‹, und da brandete ein Beifall empor, der den Rolling Stones zur Ehre gereicht hätte.

»Die Liebe ist die Revolution ...«, sage ich leise.

Amado sieht mich an, als hätte ich ihm seine Rolex geklaut.

»Wo hast du denn diesen Scheiß gelesen?« fragt er kopfschüttelnd. »In einem Gesangbuch der Zeugen Jehovas?«

»Ich hab's von Tomás gehört«, sage ich.

»Und, hast du's ihm geglaubt?«

»Ja«, sage ich.

Amado sieht mich an wie ein Insekt, das man vertilgen muß. »Da kann man sehen, was du für ein Schwachkopf bist«, sagt er und schmeißt die Tür hinter sich zu.

Ich kritzle in mein Notizbuch: Den offenen Strafvollzug gibt es nicht mehr. Doña Violetta hat ihn dummerweise abgeschafft, darum bin ich hinter Gittern. Das schwedische Modell sollte auf der Stelle wieder eingeführt werden.

Kein Mensch würde weglaufen – ich ganz bestimmt nicht, denn wo gibt's so ausgezeichnetes Essen wie hier? Vielleicht im französischen Restaurant »La Marseillesa« in Managua, aber das kann sich unsereiner nicht leisten.

Ich habe eine Idee: Ich schreibe an die Redaktion des »Gault-Millaud« (Handbuch für allergrößte Feinschmecker), sie sollen Amado 17 Punkte geben und drei Kochhauben mit dem Vermerk »traditionell abwechslungsreiche zentralamerikanische Küche der Sonderklasse«. Die können's ja schließlich nicht wissen, von denen kommt ja nie einer vorbei.

Sabado, der 28.

Amado kommt in die Zelle, balanciert das Frühstückstablett, eine ausgefranste Sperrholzplatte, auf dem hochgestreckten rechten Handteller. Leicht schwuchtelhaft wedelt er wie ein perfekter Oberkellner zum Fenster, reißt es auf und stellt das Tablett auf meinen Arbeitstisch. »Hier riecht's wie in einem Schafstall«, sagt er nasal und gibt dem Gitter vor meinem Zellenfenster einen Schubs, so daß es mit quietschendem Scharnier nach außen aufschwingt.

»Na, was sagst du?« fragt er mich mit schiefgelegtem Kopf und wartet die Antwort erst gar nicht ab.

»Amados offener Strafvollzug«, sagt er triumphierend, »hab' ich machen lassen, während du schliefst.«

Ich mache mich über das Frühstück her, Desayuno heißt es im Spanischen. Ayunar bedeutet Fasten, desayunar das Fastenbrechen nach der Abstinenz der Nacht. Ich sage: »Amado, dein Gallopinto wird von Tag zu Tag besser ...« Er steht da, schweigend, schaut mir zu, wie ich kaue.

»Na, sag schon, was verlangst du für das Schwinggitter? Das hat doch bestimmt seinen Preis?«

»Ich verlange gar nichts«, sagt Amado, »ich bitte dich um eine tägliche kleine Geschichte. Du bist ein Geschichtenerzähler, und deine Geschichten sind immer so plastisch, als ob man im Kino sitzt. Also?«

»In Ordnung«, sag ich. »Du kriegst jeden Tag deinen kleinen Film, und hinterher schreib ich es auf, und so entsteht mein Buch, gute Idee.«

Amado zieht einen Flunsch.

»Nicht zufrieden?« frage ich kauend.

»Ich hab gedacht, die Geschichten gehören mir ganz allein ...« Dann blitzen seine Augen listig: »Aber du sagst mir immer, ob's ein Schwarzweiß- oder ein Farbfilm ist, und das weiß außer mir niemand …«

»Abgemacht.«

1. Film für Amado, 35 mm, s/w, 7 Minuten

Tragikomödie.

Ausgedörrte Landschaft. Die Luft flimmert vor Hitze. Am Horizont erscheint etwas Rotes, nähert sich auf der Schotterstraße, die sich wie eine Achterbahn durch ein zerklüftetes Tal windet.

Es ist ein roter Geländewagen. Beim Näherkommen sehen wir, daß die Windschutzscheibe an mehreren Stellen durchschossen ist. Am Steuer sitzt ein Mann, Ende 50, kurzgeschorenes Haar, schon fast weiß, der Bart etwa zwanzig Tage alt, ebenfalls weiß. Das Gesicht sonnenverbrannt, müde.

»Bist du das?« fragt Amado. – »Na sicher. Ich kann nur Filme erzählen, die ich erlebt habe.«

Sein linker Arm hängt aus dem Seitenfenster, er läßt ihn vom Fahrtwind kühlen. Wir sehen, daß auch die Fahrertür mehrere Schußlöcher aufweist. Das Auto nähert sich der Ortschaft La Dalia, armselige Hütten am Straßenrand, ein paar Hunde, Schweine, viele Kinder.

Groß: das Gesicht des Mannes. Er wischt sich den Schweiß von der Stirn. Seine Aufmerksamkeit wird plötzlich auf etwas gelenkt, was wir noch nicht sehen können. Wir hören aber tumultartiges Geschrei, Kampfgeräusche, Faustschläge etc.

Der Mann am Steuer verlangsamt seine Fahrt, schaut mit zusammengekniffenen Augen aus dem Seitenfenster. Aus seinem Blickwinkel, linke Schulter im Anschnitt, bietet sich uns ein groteskes Bild.

Zwei junge Soldaten, der eine ein ehemaliger Contra, der andere ein demobilisierter Angehöriger des regulären Heeres, versuchen verzweifelt, eine steile, vom Regen glattgewaschene Felsplatte zu erklimmen. Ihre Uniformen, kaum zu unterscheiden, sind in desolatem Zustand … Der Contra hat einen seiner schwarzen Militärstiefel bereits verloren, er liegt am unteren Rand der Felsplatte, daneben unzählige Flaschen Bier – und zwei Flaschen Rum, Flor de Caña.

Die beiden Männer sind vollkommen betrunken, schreien Unverständliches, fuchteln mit den Armen, stoßen sich, schubsen, versuchen aber dennoch, sich beim Hinaufklettern zu helfen. Bevor sie die Platte erklommen haben, purzeln sie hilflos nach unten, helfen sich gegenseitig auf, verharren kurz in einer Art Umarmung, richten einer den anderen mit ausgestreckten Armen in die passende Distanz und schlagen dann mit verbissener Wut aufeinander ein.

Der Mann steigt aus seinem Wagen, bleibt aber an der Fahrertür stehen. Er schüttelt den Kopf, weiß nicht recht, was er tun soll.

»Aufhören!« ruft er müde. »Hört auf, das ist doch heller Wahnsinn!«

Die beiden reagieren nicht. Die Klettertour geht wieder los, Absturz, Umarmung, Prügelei.

Der Soldat blutet aus der Nase, auf der Stirn des Contra wächst eine riesige Beule.

Als sie wieder am Fuß der Felsplatte angekommen sind, geht unser Mann los. Er drängt sich zwischen die beiden und versucht, sie zu trennen.

Groß: die blutunterlaufenen Augen des Contra.

Groß: die blutunterlaufenen Augen des Soldaten.

»Hört doch auf.

Vertragt euch; was ihr da macht, ist doch völliger Schwachsinn. Gebt euch die Hand und versöhnt euch.«

In den verschwiemelten Suffaugen der Kämpfer blitzt blanker Haß auf. Wir sehen die Dreiergruppe jetzt aus einer etwas größeren Entfernung …

Die beiden Kampfhähne stürzen sich mit ungebrochener Energie auf den Eindringling. Aus dem Kampfgetümmel sind einzelne Worte und Sätze zu verstehen: »Du verdammter Gringo, was willst du denn hier. Was hast du dich hier einzumischen? Unser Kampf ist unsere Sache, das geht dich einen verdammten Scheißdreck an. Verschwinde und laß uns gefälligst in Ruhe, wir wissen ganz allein, wie wir mit unserem Problem fertig werden; steck dir deine beschissenen Ratschläge in den Arsch. Geh und erzähl deinen Leuten, wie sie sich benehmen soll'n. Laß dich hier nie wieder blicken!«

Der Mann, mit etwas ramponierter Kleidung, löst sich von den beiden, geht langsam zu seinem zerschossenen Auto zurück, setzt sich hinter das Steuer und wischt mit einem Taschentuch das Blut von seiner geplatzten Unterlippe. Er schaut resigniert zur Kampfstatt zurück.

Aus seinem Blick, subjektive Kamera:

Die beiden Kampfhähne sitzen am Fuß der Felsplatte, sie haben sich gegenseitig die Arme um die Schultern gelegt, beide atmen schwer. Ihre Augen haben die giftige Glut verloren. Sie sind auf einmal ganz friedlich und singen, leise und nicht einmal unschön, mit wiederkehrendem Atem immer besser, sogar zweistimmig:

Nicaragua; Nicaragüita.

Das rote Auto setzt sich langsam in Bewegung, läßt eine kleine Staubfahne zurück.

Der Mann am Steuer stiert vor sich hin. Hunde springen zur Seite, und Schweine und kleine Kinder quietschen.

Der Mann muß grinsen. Das geht in ein glucksendes Lachen über, und schließlich brüllt er vor Lachen, und die Tränen laufen ihm die Wangen hinunter.

Ausblenden.

»Mann«, sagt Amado, »das war ja doch ein Farbfilm ...«

»Komm, Chele«, sagt Amado und hält mir die Tür auf. »Bist schon ganz grün im Gesicht, brauchst frische Luft ...«

»Wohin gehen wir?« frage ich verdutzt.

»Asese«, sagt er lapidar.

Asese ist ein kleiner Hafen am Nicaraguasee, von dem aus die Boote zu den Isletas fahren, Hunderten von kleinen, paradiesischen Inseln, die der Vulkan

Mombacho vor urdenklicher Zeit in einer gewaltigen Eruption in den See gespuckt hat.

»Dürfen wir das denn?« frage ich etwas verunsichert.

»Natürlich«, sagt er, »ich habe heute dienstfrei.«

»Wieso bist du dann hier?«

»Weil ich mit dir nach Asese fahre.« Punkt.

Wir sitzen am Ufer des Sees bei Lombardo, dem Wirt. Ein gewaltiges Bananenblattdach schützt uns vor der Sonne, die um diese Stunde schon unerträglich heiß herunterbrennt. Ein leichter Wind kräuselt die Wellen, weiße Reiher fliegen, ein Boot tuckert durch das Wasser, eine Frau wäscht am Ufer ihre Wäsche.

»Ich warte auf deinen Film«, sagt Amado.

»Er läuft schon, brauchst nur die Augen aufzumachen.«

»Keine Handlung«, brummt er.

»Das ist kein Action-Thriller, das ist ein Naturfilm, lyrisch-leise, wie ein Gedicht.«

Aus der Lautsprecheranlage kommt gedämpft der Gefangenenchor aus Nabucco.

»Die Musik paßt überhaupt nicht«, sagt Amado.

Dann steht Lombardo am Tisch, lächelt mich an, wartet. Ich bestelle zwei Cafécitos.

»Mein Kaffee ist abscheulich«, sagt er bedauernd, »ich empfehle Flor de Caña mit Zitrone und Wasser. Bloß keine Coca-Cola.«

Nach dem dritten Rum verschönt sich die Landschaft vor uns ins Unerträgliche.

»Weißt du, wie groß dieser See ist?« frage ich Amado.

»Keine Ahnung.«

»Vierzehnmal so groß wie der Bodensee.«

»Was ist der Bodensee?«

»Einer der größten Seen Europas.«

»Na, siehst du«, sagt er, »was habt Ihr schon zu bieten.«

»Warst du schon mal in Solentiname?« frage ich.

»Nein.«

»In San Carlos?«

»Nein.«

»San Juan del Norte?«

»Nein.«

»Matagalpa, Bluefields, Puerto Cabezas?«

»Nein.«

»Poneloya, Casares, San Juan del Sur?«

»Nein.«

»Wo warst du dann überhaupt?« frage ich genervt.

»Miami, Los Angeles, Cottbus ...«

»Dann kennst du ja dein Land überhaupt nicht ...«

»Nein, wozu? Ich liebe es, das genügt, aber wie ich dich kenne, wirst du's mir mit deinen stinklangweiligen Naturfilmen verleiden ...«

»Okay«, sage ich gönnerhaft: »Ein Reisefilm mit Action. Heutzutage heißt das Road-Movie, obwohl eine Straße in diesem Kinostück überhaupt nicht vorkommt.«

»Jetzt leg schon los, ich kann's kaum erwarten. Wie heißt deine Naturschnulze?«

»Die Reise auf dem Rio San Juan.«

Er schließt die Augen, hebt den Kopf leicht an.

»Ich hör' dir zu«, sagt er, »aber ich muß die Augen zumachen, der Blick auf den See verpatzt mir die ganze Phantasie.«

Ich denke nach.

Er reißt die Augen auf, starrt mich entsetzt an: »Was denn, Filmriß? Schon beim Titelvorspann?«

»Nein, nein«, quengle ich, »ich hab' heute Schwierigkeiten bei der filmischen Umsetzung.«

»Red' nicht so geschwollen daher«, blafft er mich an, »erzähl einfach, die Bilder mach' ich mir schon selber.«

Ich hatte schon lange den Traum, den Rio San Juan hinunterzufahren. Chino hatte mir von den Wundern des Flusses erzählt, von San Carlos, wo er anfängt, von dem geheimnisumwitterten San Juan del Norte, wo er ins Meer fließt, in den Atlantischen Ozean. Chino ist ein nicaraguanischer Freund, der aussieht wie ein Chinese, aber im Unterschied zu dir sein Land kennt.

»Die Chinesen sind wegen ihrer unerträglichen Neugierde weltberühmt«, unterbricht er mich.

Also, eines Tages stürzt Chino in die »Casa de los tres Mundos«, strahlt, haut mir auf die Schulter:

»Ich hab ein Boot«, keucht er, »trommel die anderen zusammen, morgen geht's los.«

Jetzt sitzen wir alle auf der Ladefläche von unserem Pick-up, Maximilian fährt. Mit von der Partie: Eric, ein eigensinniger Schweizer Fotograf; Wolfgang, ein kontemplativer Maler; Chino, der in Wirklichkeit Angel heißt, Notar und Rechtsanwalt, und ich.

Der Pick-up, der schon mehr als 300.000 Kilometer hinter sich hat, holpert und bockt über die Rumpelpiste am Ufer des Sees entlang.

Amado fährt dazwischen: »Du kannst die Flunkerei nicht lassen. Gerade hast du noch behauptet, es kommt keine Straße vor ...«

Über die Marschlandschaft verteilt stehen Reiher in tiefblauen Tümpeln, holen von Zeit zu Zeit Eßbares aus der glitzernden Flut ...

Amado: »Was sollen sie sonst machen? Reiher fischen, fressen und vögeln ...«
»Hör jetzt auf, du Banause, du zerhackst meinen Film ...«

Der Diesel brummt zuverlässig. Ich stehe auf der offenen Ladefläche, die Haare fliegen im Wind, irgend so ein unbeschreibliches Gefühl von Freiheit. Fünf Männer auf einem Schulausflug, keine Frau schimpft, daß sie bei dem Gerüttel Hängebrüste bekommt, Angel spielt Mundharmonika, ein bissl wehmütig, ein bissl falsch – es ist mir egal.

Die kleine Seilfähre zieht uns über den Wasserlauf, der den Nicaragua- mit dem Managuasee verbindet, ein schmutziger Junge rennt hinter dem Auto her, schreit »Chele, Chele« und lacht sich über seinen eigenen Witz halbtot.

Dann die Piste nach San Carlos, Rumpeldipumpel, Sonnenglast, Staubfahnen, die Landschaft dörrt in der Hitze. Hier mußte man früher hinter jeder Kurve mit einer »Emboscada« rechnen, mit einem Überfall, aber die Contras sind entwaffnet und dadurch arbeitslos; das Land, das man ihnen versprochen hat, haben sie auch nicht bekommen, sie haben sich mit den Ex-Compas, ihren früheren Feinden, »auf a Packl g'haut«, wie man in Wien sagt; die Ex-Compas haben auch kein Land und sind ebenfalls arbeitslos. Die Revolution hat ihre Kinder nicht gefressen, sie hat sie vergessen: Jetzt gibt's keine »Emboscadas« mehr, dafür muß man hinter jeder Kurve mit einem knietiefen Schlagloch rechnen, und vor den Kurven auch; die Blattfedern ächzen, das bescheidene Gepäck hüpft im Rhythmus der Schlaglöcher über die Ladefläche, Staub zieht wie ein Schweif hinter uns her; dagegen ist Hale Bopp eine matte Sache. Wir lachen blöd vor uns hin, weil wir so glücklich sind. Unter den durch die Erschütterungen mit starkem Vibrato ausgestatteten Klängen der Marseillaise aus Angels Mundharmonika fahren wir in San Carlos ein. Die Nachmittagssonne vergoldet die armselig verschmuddelten Häuschen, ein Chanchito, ein riesiges Schwein, zwingt uns zu einer Vollbremsung. Dann halten wir mit quietschenden Bremsen vor dem Hotelito. Erstes Haus am Platz, weil es nur eins gibt, wo einen die Flöhe nicht total auffressen. Ich schmiere meine Arme und Beine mit Tabaksaft ein, das mögen die Flöhe angeblich nicht. Am nächsten Morgen stelle ich allerdings fest, daß die Flöhe von San Carlos nikotinsüchtig sind, ich sehe aus wie eine überreife Brotfrucht, die man zu ernten vergessen hat. Das Boot, von dem Chino gesprochen hat, liegt halb abgesoffen am Ufer. Bei näherer Untersuchung weist es am Rumpf ein riesiges Loch auf. Maximilian hat nach stundenlangem Feilschen ein anderes Boot ergattert, welches drei Piraten gehört, die sich offenbar vorgenommen haben, an uns lästigen Brigadistas Rache zu nehmen. Der Preis reicht aus, um dafür zwei Boote dieser Güte käuflich zu erwerben, aber wir haben keine Wahl. Der größte Teil des schmalen, vielleicht sieben Meter langen Bootes ist mit Benzinfässern vollgestellt. Wir haben immerhin drei Tagesreisen vor uns, »un viaje largo«, sagen die Piraten finster, und dann geht's los.

Der schrille Ton des Außenbordmotors zerreißt uns die Ohren. Alles Getier an den Ufern, das wir so gern beobachtet hätten, flieht in Panik.

Angel spielt wieder Mundharmonika, Eric fotografiert, Maximilian flucht, weil die Vögel, deren Verhaltensweisen er durch sein Swarovski-Glas studieren wollte, ihm sofort den Hintern zudrehen und verschwinden; Wolfgang brütet nachdenklich über einem Skizzenblock – ich habe Hunger.

»Gibt's irgendwas Eßbares?« frage ich bescheiden.

Niemand hört mich in dem Geknatter. Ich schreie: »Hay algo a comer?«

Allgemeines Kopfschütteln – wir haben in unserer Schulausflugs-Euphorie den Proviant vergessen.

»Wart' ein bissl«, schreit Maximilian genervt, »gleich sind wir in El Castillo, da gibt's sicher Fisch …«

Einer der Seeräuber erbarmt sich und gibt mir einen Keks. Der Fluß ist breit und biblisch schön, an den Ufern vereinzelt Bäume, Seivas, und hier und dort eine Palme. Vogelschwärme entfliehen kreischend, umkreisen uns, suchen voller Entsetzen das Weite. El Castillo taucht aus dem Morgennebel, der noch auf dem Wasser liegt, wie eine Fata Morgana auf. Die hölzernen Häuser auf Stelzen, Pfahlbauten aus einem Dokumentarfilm über die Kelten ähnlich, darüber das alte Spanier-Fort, vom Zahn der Zeit angefressen, von einem grünen Vegetationsteppich malerisch überzogen.

»Fische gibt's keine«, sagt Eric, der auf Erkundungstour im Dorf war, »auch sonst nichts. Aber Farbfernseher in jeder Bude.«

»Haben die denn Strom?« frage ich.

»Nein«, sagt Eric, »nur ein Aggregat, und das wird erst am Abend angeworfen.«

Ein Kind sitzt auf einem Holzsteg und verrichtet seine Notdurft ins Wasser, als wir ablegen.

Wolfgang malt einen dürren Fisch auf seinen Skizzenblock und schreibt mit Architekturschrift »Hunger« darunter.

»Sehr komisch«, sage ich.

Wir nähern uns einem Militärposten. Die Seeräuber müssen sich in ein Kontrollbuch eintragen, wir tun es dem Kind in El Castillo gleich und verunreinigen die Landschaft. Der Posten salutiert gelangweilt und gibt den Piraten Order, auf keinen Fall am costaricanischen Ufer anzulegen. In dieser Gegend sind zwei Europäerinnen medienwirksam gekidnappt worden.

»Gibt's hier irgendwo was zu essen?« frage ich ihn.

»Nein«, sagt er, »aber Krokodile. Also seid vorsichtig.«

Das Boot verlangsamt seine Fahrt.

Am Ufer eine Bananenplantage. Es ist irrsinnig heiß, ich tauche die Hand ins Wasser: angenehm kühl und weich wie Seide.

Als ich aus dem Boot springe, höre ich einen Schreckensschrei. Ich denke: »Krokodile, oder was?« Eric gestikuliert wild, deutet auf seine Nikon. Vom Objektiv tropft Wasser.

»Idiot!« schreit er, »kannst du nicht aufpassen? Springt der Tschumpel einfach ins Wasser. Das Ding ist im Eimer, 970 Franken ...«

Ich tauche beschämt unter, fluche stumm unter Wasser; als ich auftauche, sehe ich die Piraten an Land gehen. Sie haben ihre Macheten dabei, hacken blitzschnell große Bananendolden von den niedrigen Stauden, laden sie in unseren Kahn. Die Bananen sind giftgrün und sehen ungenießbar aus. Als das Boot ablegt, gleitet ein Krokodil blitzschnell von der Uferböschung ins Wasser. Ich hechte an Bord.

»War's groß?« frage ich atemlos.

»Nicht der Rede wert«, sagt Maximilian feixend, »vier Meter zwanzig mit Schwanz und offenbar Vegetarier ...«

An dem immer heißer werdenden Morgen sonnen sich grellbunte, drachenartige Garrobos auf hochgelegenen Ästen, majestätisch, urweltlich, bewegungslos.

»Sie warten, bis die Sonne sie auftaut«, sagt Maximilian.

Jetzt verteilt der eine Seeräuber, Santana, aus Barmherzigkeit Kekse an alle. Zigarettenschachteln gehen herum. Wolfgang murmelt was von einem Joint, den er jetzt gut gebrauchen könnte. Eric trocknet sein Objektiv, indem er es in die Sonne hält. Auf der Linse ist ein grauer, neumondartiger Schleier. Er lacht schon wieder, haut mir auf die Schulter und schreit über den Motorenlärm: »Stimmung!« Was heißt, daß er mir schon verziehen hat und daß es ihm irrsinnig gut geht.

Einer der Piraten zaubert zwischen den roten Benzinfässern, die wie Steeldrums aussehen, eine Gitarre hervor.

»Alles, nur nicht Nicaragua-Nicaragüita!« rufe ich noch, aber schon zu spät, er spielt es. Angel, den wir El Chino nennen, weil er eine chinesische Mutter hatte, Angel gesellt sich dazu mit seiner Mundharmonika. Er spielt plötzlich wie Toots Thileman, aber sicher sind das Halluzinationen, hervorgerufen durch einen erbärmlichen Hunger.

Der Fluß glitzert und funkelt, die Zikaden schrillen, die Uferlandschaft zieht vorbei wie bei einer Filmfahraufnahme, Travelling heißt es in der Fachsprache, Papageien fliegen in grünen Schwärmen.

Gott, ist das Leben schön!

Dann weicht die hohe Vegetation zurück, Sandbänke dehnen sich zur rechten Hand, das Meer kann nicht mehr weit sein.

»Hinter der Sandbank«, deutet einer der Piraten: »El Mar.«

»Bei Garcia Lorca ist das Meer weiblich«, sagt Amado mitten in meine Geschichte.

»Ich weiß. El Barco sobre la Mar …«

Amado pfeift anerkennend: »Hätt' ich dir gar nicht zugetraut. Was ist es denn bei euch im Deutschen, männlich oder weiblich?«

»Sächlich – so wie ein Kind, das Weib, das tägliche Brot …«

Er schweigt. »Ihr könnt einem wirklich leid tun«, sagt er leise. »Natürlich ist das Meer eine Frau. Nie könnte ein Mann so ausdauernd sein, so beständig, so unermüdlich, aber auch nicht so wild, und auch nicht so zärtlich. Ein Mann weiß, wann es Zeit ist, still zu sein; aber eine Frau kann niemals Ruhe geben …«

»Ich kann verstehen, daß deine Frau dich manchmal verhaut …«

»Ja«, sagt er, »mit der flachen Machete. Und das tut verdammt weh …«

»Darf ich jetzt weitererzählen?«

Als wir an Land gehen, liegt da ein Kaiman, drei Meter lang und mausetot. Wir rennen über die Sandwulst, da liegt …

Amado: »Wieder ein Kaiman …«

Nein, da liegt das Meer vor uns, weit und gewaltig und unermüdlich, wie du sagst, und eine sanfte Brandung schwappt zärtlich ans Ufer.

Silberne Schaumkronen blitzen …

Amado: »Das sind die Macheten, die die Wellen verhauen, Amigo. Dem Himmel sei Dank, daß du die in deinem Film nicht vergessen hast.«

Wolfgang findet einen Schildkrötenpanzer und nimmt ihn mit an Bord. Der Panzer stinkt, auch wenn Wolfgang das Gegenteil behauptet. Vor uns die behütete Bucht von San Juan del Norte, in der Mitte ein Stahlgerippe, Rest einer alten Verladeeinrichtung.

Wir wollen den Friedhof von Greytown besuchen, er soll sehr schön sein, halb versunken im Dschungel, der nach einer kurzen Zeit der Vertreibung wieder zurückkehrt.

Chino kann sich an die überwucherten Grabsteine mit den englischen Namen erinnern, aber die Geister der Toten wollen in ihrer Ruhe nicht gestört werden, verwehren uns den Zugang. Das Boot bleibt in den Seerosen und Schlingpflanzen stecken; wir schieben, bis zum Bauch im Wasser, dann geben wir auf.

Kurze Zeit später, immer noch klatschnaß, erreichen wir die Ortschaft San Juan del Norte. Wie klingt das verheißungsvoll und sagenumwittert, der Anfang eines frühen Gedichtes von Ernesto Cardenal, kleine koloniale Holzhäuschen mit putzigen Veranden, saftige kardinalsfarbene Bougainvilleas, und sogar das Gürteltier ist mit dieser Regierung zufrieden ... nein, Ernesto, da muß ich dich leider enttäuschen, die Häuser aus grauen Zementblöcken stehen uniform da, wie Soldaten in einer Reihe, ein paar kläffende Hunde, Menschen fast keine.

»Wo ist ein restaurante? Hay pescado?« fragt Wolfgang erwartungsfroh und leckt sich schon die trokkenen Lippen.

»Fisch gibt's nicht«, sagt eine mürrische Frau, »nur Gallopinto – dort drüben in der neuen Holzbude.«

Wir schaufeln Gallopinto in uns hinein, wie Journalisten, wenn's am kalten Büfett Kaviar gibt.

»Ich denke, Amado, das war schon so eine Art Einführungskurs in deine Kochkünste ..., und weißt du, was uns gewundert hat? In diesem Comedor stehen ein altes Motorrad, ein zerlegter Jeep und ein langes Gestell, an dem lauter Außenbordmotoren hängen, 20 PS, 30 PS bis 75 PS.«

»Was machen die bloß mit diesen schweren Kalibern?«

»Das sind Schmuggler«, flüstert Maximilian, »mit so einem Rennmotor kannst du jedem Polizeiboot spielend davonfahren ...«

»Und was machen sie mit den vielen Angeln, die da in den Halterungen stecken? Das ist Gerät für mehr als 5.000 Franken«, sagt Eric, der nicht nur Schweizer, sondern auch begeisterter Fischer ist.

»Und wieso, zum Teufel, gibt's keine Fische?« fragt Wolfgang.

Schweigen. Wir schauen uns ratlos an und kauen unseren Gallopinto. Allen ist mulmig zumute. Beim Einsteigen in unser Boot stellen wir fest, daß eines der großen Benzinfässer verschwunden ist.

»Was ist mit dem Faß passiert?« frage ich Santana.

»Verkauft«, sagt er lapidar.

»Kommen wir mit dem Rest noch zurück?«

»On verra, man wird sehen, mach dir mal keine Sorgen, Viejito.«

Dreht sich um und wirft den Motor an.

Als wir die stille Bucht durchqueren, auf der Heimreise sozusagen, begegnet uns ein Boot mit einem Riesenaußenborder. Drin sitzen vier Männer. Einer, mit dem typischen breiten Gesicht der Miskito-Indianer, ein direkter Nachfahre von Nahuatl, thront steif im Heck des Bootes, einen gewaltigen Rucksack auf dem Rücken. Wir rufen und winken. Drei winken matt zurück, der Indio würdigt uns keines Blickes.

»Der hat den Rucksack voller Kokain«, flüstert mir Maximilian ins Ohr, »der kommt von San Andrés, einer kleinen Insel, die zu Kolumbien gehört und nur ein paar Meilen von der nicaraguanischen Küste entfernt ist …«

»Jetzt hab ich's«, flüstere ich zurück, »daß wir da nicht gleich drauf gekommen sind: Das sind Kokainfischer …«

Die Rückfahrt geht problemlos vonstatten. In El Castillo kriegen wir wunderbare Flußkrebse serviert. Das Aggregat läuft donnernd, im Fernsehen gibt's die Wahl zur Miss Costa Rica, in Farbe. Das Benzin reicht.

Am Abend des dritten Tages sind wir wieder in San Carlos. Santana, der Oberpirat, lädt uns zu einem Abschiedsbier ein, wir sind angenehm überrascht.

Am Hafen sitzen wir vor einer hölzernen Verkaufsbude, die drei Piraten, Chino, Maximilian, Eric, Wolfgang und ich. Die Victoria-Flaschen klirren aneinander.

»Es war eine schöne Reise«, sagt Santana, »wir waren noch nie in San Juan del Norte ...«

Sie gurgeln das eiskalte Bier hinunter, daß man schon beim Zuschauen Magenkrämpfe kriegt, stehen auf, klopfen freundlich auf den Tisch, winken einen Abschiedsgruß, und weg sind sie.

»Wer zahlt?« frage ich.

»Na, du natürlich«, sagt der Wirt. »Immer der, der fragt.«

Amado kommt in die Zelle, stellt sich so an die Wand, daß das Sonnenviereck des Fensters auf sein Gesicht fällt.

»Ich möchte nie an den Rio San Juan«, sagt er gutgelaunt.

»Warum nicht?« frage ich zurück.

»Ich möchte mir die Enttäuschung ersparen – in deinen Filmen wird auch das beschissenste Blech noch vergoldet.«

Ich sehe es in seinem Mund blitzen, dort, wo früher eine markante Zahnlücke war.

»Warst du beim Zahnarzt?« frage ich arglos.

»Ja«, sagt er, »bei Barbarena. Ich hab mir einen goldenen Stiftzahn machen lassen. Gefällt er dir?«

Er lächelt mich an.

»Hm, nicht übel«, sage ich mit leicht überzogener Bewunderung. (In solchen Fällen muß man Interesse heucheln!)

»Was hat's gekostet?«

»Du wirst schon sehen, morgen kriegst du die Rechnung.«

»Was zum Teufel gehen mich deine Zähne an«, sage ich empört.

»Du hast immer diese Zahnlücke angestarrt, wie hypnotisiert, du warst völlig gebannt von dieser unbedeutenden Lücke, und da hab ich gedacht, sie interessiert dich.«

Ich ringe mich zu einem Lächeln durch.

»Ich muß für deine Filme ja auch Interesse heucheln, und dabei interessieren sie mich einen Dreck ...«

Jetzt benutzt der Kerl schon meine Gedanken. »Ich hab gedacht, du hast meine Filme gern!«

»Na ja, deine Filme gehen ja noch, aber dieses ewige Geschwafel von Kultur, das kann einem wirklich den letzten Nerv töten. Da könnt' ich ja auch sagen, was geht mich deine verdammte Kultur an.«

»Ach«, sag ich, »Kultur ist doch etwas Schönes, man braucht sie zum Leben, wie das Brot.«

»Ich nicht«, schreit Amado, »meine Frau hat Tuberkulose, und ich scheiß auf deine Kultur.«

Jetzt bin ich aber traurig.

»Gefällt dir unsere Casa nicht? Das Kulturzentrum von Granada?«

»Was?«

»Na, die ›Casa de los tres Mundos‹ mit dem schönen Portal.«

»Das Portal ist mir noch nie aufgefallen. Und überhaupt, wir haben in Granada schon das CPC, das ›Centro Popular de Cultura‹, das reicht. Wozu brauchen wir da noch deine blöde Casa?«

»Dein CPC ist doch ein Saftladen. Die Klos versifft und vollgeschissen …«

»Klos haben überhaupt nichts mit Kultur zu tun. Du verstehst nichts von unserer Realität. Du bist und bleibst ein Chele. Zwei Drittel von deinen Pflichten als Europäer hast du schon erfüllt: Du bist, seit ich dich nach Asese mitgenommen habe, rot von der Sonne, wie eine Tomate …«

»Schau«, versuche ich einzulenken, »das CPC funktioniert nicht. Es ist schlecht geführt …«

»Immer braucht ihr einen Führer«, sagt er beleidigt, »wir brauchen keinen. Uns genügen unsere Präsidenten, die Alemans und die Daniels, damit sind wir gestraft genug.«

»Ich erklär' dir, was schlechte Führung für Folgen hat. Als das Bolschoi-Ballett im CPC zu Gast war, saßen unten 27 Zuschauer, und auf der Bühne waren 50.«

»Die sind ja auch nicht gut. Die kriegen doch einen Mambo oder einen Bossa Nova gar nicht hin, geschweige denn eine richtige Salsa …«

»Wenn das Bolschoi-Ballett Mambo tanzen würde, das wäre so, als wenn die Callas ›La Cucaracha‹ singt.«

Amado pfeift La Cucaracha.

»Die Russen mag bei uns keiner. Zur Sandinisten-Zeit war hier eine russische Delegation. Die haben den ganzen Tag Domino gespielt und an einem Bewässerungsprojekt gearbeitet, in einem Tal, das dauernd überschwemmt ist.«

Nach einer Pause sagt er: »Ich mag die Russen gern. Ich lese sie immer wieder, Tolstoi, Dostojewski, Gorki, Tschechow und Venedict Jerofejew.«

»Und was ist mit euren großen Dichtern?« frage ich.

»Was soll mit denen sein?«

»Na, wenn die zum Beispiel in der Casa de los tres Mundos lesen, Carlos Martinez Rivas oder Coronel Urtecho?«

Amado seufzt.

»Der Urtecho ist tot, falls du es nicht wissen solltest, und Carlos Martinez ist nur gut, wenn er besoffen ist, und dann liest er nicht.«

»Und was ist mit Ernesto Cardenal, Träger des Friedenspreises des deutschen Buchhandels und Anwärter auf den Literatur-Nobelpreis?«

»Der fuchtelt mir zu viel mit den Händen herum. Außerdem hört er sich an wie einer, der eine Hasenscharte hat …«

»Also gehst du doch hin zu unseren Veranstaltungen?«

»Na klar«, sagt er, »damit ich was zu meckern habe und weil's nichts kostet.«

»Ich werde dafür sorgen, daß du auf eine vernünftige Schule kommst, in Österreich oder Deutschland …«

»Das könnte dir so passen«, sagt er wütend. »Ich war einmal auf einer Polizeischule in Cottbus, Deutsche Demokratische Republik, das reicht fürs ganze Leben.«

An irgendeinem Tag, ich weiß das Datum nicht mehr.

Ich schaue durch die Gitterstäbe in den Himmel, »Le ciel est pardessus le toit, si bleu, si calme …«

Die Sonne sieht aus wie eine glühende Kugel. Ich stoße das Gitter nach außen auf, eine Jasminwolke strömt durchs Fenster, ich setze mich an meinen Frühstücksschreibtisch, lasse den Blick nach draußen schweifen, wo hinter dem Drahtzaun des Gefängnisses die Müllkippe sich ausbreitet, der Basurero. Tausend Plastiktüten glitzern im Gegenlicht, der Basurero schaut aus wie ein aufgepeitschtes Meer mit tausend blitzenden Schaumkronen.

Die Zikaden schreien, so heiß ist es.

Ich habe mir einen Ventilator auf den Schreibtisch gestellt, der Quirl bläst einem so lange kalte Luft ins Gesicht, bis man Rheumatismus bekommt; Belmont-Zigaretten liegen neben dem Schreibblock, ich rauche, ohne mir Sorgen über Lungenödeme zu machen. »Nicaragua-Schnuller« nennt Maximilian diese Sargnägel.

Amado schaut durch die Luke, sieht, daß ich nachdenke, legt den Finger an die Lippen und schließt die Klappe geräuschlos.

»Amado!« rufe ich, »magst du eine Belmont?«

Er kommt in die Zelle, setzt sich auf das miese Bett.

Wir rauchen.

»Amado, was hältst du von der Revolution?«

»Gar nichts«, sagt er und nimmt einen tiefen Zug, »ich habe einen Steckschuß in der linken Schulter, das genügt. Mein linker Arm, schau her, ist halb lahm. Der Doktor sagt, Amado, du wirst nie wieder Geige spielen können.«

»Hast du denn früher Geige gespielt?« frage ich interessiert.

»Ach Quatsch«, sagt er, »ich kann gar nicht Geige spielen, das meint der Doktor doch nur symbolisch. Er hätte auch sagen können: Du kannst nie wieder in der Nase bohren ...«

»Aber so schlecht waren die Sandinisten doch gar nicht. Oder? Gratis Schulunterricht, Alphabetisierung, Gesundheitsversorgung im kleinsten Dorf, der Nahrungskorb für jeden ...«

»Hör auf, hör auf! Du redest wie Daniel auf einer Wahlversammlung; die Sandinisten – und ich bin selbst einer – sind das gleiche Pack wie die Konservativen und die Liberalen. Der Jaime Wheelock zum Beispiel, der für die Bodenreform verantwortlich war, ist heute der größte Latifundienbesitzer in Chontales.«

»He, he, hast du das recherchiert, oder ist das nur so eine Latrinenparole aus der konservativen Giftküche?«

»Was heißt hier recherchiert? Das weiß doch jeder Dreijährige. Und der Tomás, der Zwerg mit der Riesenhavanna, der hat jetzt einen Puff in Managua und 'n paar Millionen in Miami ...«

»Schwarze Schafe hat's immer schon gegeben«, sage ich aufbrausend, »überall gibt's Wölfe und Schafe ...«

»Bei uns hat's nie Wölfe gegeben, dazu fehlt uns der Schnee. Du hast in Naturkunde nicht aufgepaßt. Einmal hat's allerdings geschneit, das war in den 30er Jahren in Zelaya Norte. Die Leute haben gedacht, es sei ein Wunder, haben den Schnee in Säcke geschaufelt, weil sie dachten, es sei Zucker.«

»Und was ist mit der Doña Violetta?« frage ich.

»Die Violetta ist schon okay. Das sage ich als einer, der immer die schwarz-rote Fahne hochgehalten hat. Die Chamorro ist zwar nur eine Frau, aber wenigstens die Witwe von einem anständigen Kerl. Die hat sich damals den Fuß gebrochen, und darum hat sie den Wahlkampf gewonnen, weil sie einem so leid getan hat. Sie ist durch unser Land gezogen wie La Virgen, die unbefleckte Empfängnis, trug wallende, weiße Kleider mit blauem Saum, hat die Arme ausgebreitet und verkündet, ich bring' euch den Frieden. Den hat sie uns auch gebracht. Und als der Papst damals Nicaragua besuchte, und die ungezogenen Leute haben ihn niedergebrüllt, da hat sie geweint. Hat sie selber im Fernsehen gesagt.«

»Warst du denn dabei, Amado, damals bei dem Papstbesuch? Oder …?«

»Na klar war ich dabei, das werde ich mir als Katholik doch nicht entgehen lassen. Auf dem Platz vor der alten Kathedrale steh' ich mit ein paar hunderttausend Nicas, geschniegelt und gebügelt, der Papst gibt uns seinen Segen, wendet sich an die Regierung, segnet sie, und auf einmal, wie von einer Tarantel gestochen, schießt er auf den Ernesto zu, unseren Kulturminister – es sieht aus, als wollte er ihm eine Ohrfeige verpassen. Ernesto fällt auf die Knie, faltet brav die Hände, und der Papst droht ihm mit dem Finger, wie einem Schulbuben, und sagt irgendwas Unanständiges. Ernesto strengt sich mächtig an, will den Ring von Juan Pablo küssen, aber der läßt es nicht zu, zieht die Hand weg wie eine schmollende Kurtisane, und da hab ich geweint. Die Dreihunderttausend haben geseufzt vor Mitleid, und wenn Dreihunderttausend seufzen, das kann ich dir sagen, dann klingt das wie der Auftakt zu einem Hurrikan. Und dann sagt das Rindvieh in die Stille: ›Revolution und Religion, das muß man auseinanderhalten‹, und da haben ihn die Dreihunderttausend niedergeschrien, und er ist beleidigt abgefahren in seinem Schneewittchensarg, und der Teufel war los. Jetzt, ein paar Jährchen später, war er wieder da, und diesmal haben sie ihm zugejubelt.«

»Warst du wieder dabei, Amado?«

»Nein, diesmal nicht. Ich hab's mir im Fernsehen angeguckt. Er erscheint in der Kabinentür seines Flugzeugs, kommt langsam die Treppe herunter. Unten steht Doña Violetta. Und was macht er? Statt sie zu küssen, küßt er den Boden. Das hat ihn tierisch angestrengt, und er kommt kaum wieder auf die Beine, so steif ist das Männlein, und die Violetta muß ihn stützen und an die Hand nehmen wie ein Kind, und diesmal lacht sie.«

»Du bist ein guter Kerl«, sage ich, »aber du hast ein böses Maul.«

»Würdest du mir überhaupt zuhören, wenn ich dauernd irgendwas Nettes vor mich hinsäuseln würde?« fragt er grinsend.

»Was hältst du denn vom Neuen?« will ich wissen.

»Der, der Gordo? Der ist auch nix. Dick und dumm. Nein, das stimmt nicht, dick ist er schon, aber dumm ist er nicht. Schlau, sag' ich dir, wie eine fette Ratte.

Der hat seinen Wahlkampf ganz in Rot geführt: rote Fahnen, rote Klamotten, rote Autos, alles rot. Nur Hammer und Sichel hat er weggelassen oder euer verdammtes Hakenkreuz. Somozismus ohne Somoza predigt der, da kannst du dir doch nur noch in den Arsch beißen. Da wär der Obando als Präsident noch besser ...«

»Wieso denn?« frage ich konsterniert. »Der ist doch nicht grade ein Sympathieträger.«

»Er ist Kardinal, er hat sich schon oft wichtig gemacht, der Papst ist sein Kumpel, und er genießt großen Respekt in der Bevölkerung. Leider ist er Indio – ein Miskito-Indianer. Aber wenn der eine Shell-Tankstelle einweiht und vom Fortschritt redet, den die Gringos uns bringen, da wagt keiner zu mucksen Und seine neue Kathedrale ist ein Schlager.«

»Sieht doch aus wie eine Moschee, die aussieht wie ein Atomkraftwerk«, werfe ich ein.

»Das schon«, räumt Amado ein, »aber weißt du, die vielen dicken Brüste oben auf der Kuppel, ich krieg' jedesmal einen Ständer, wenn ich dran vorbeifahre, Gott verzeih mir, aber das ist die Wahrheit.«

»Der Obando wirkt auf mich sehr autoritär. Ich habe das Gefühl, du wünschst dir eine Art Diktator ...«

»Genau das«, ruft er begeistert, »ein Diktator muß her, so was wie euer Hitler, das wäre das Beste.«

»Neulich hast du noch gesagt, ihr braucht keinen.«

»Na ja, nicht so richtig. Aber ein bißchen Hitler könnte nicht schaden.«

»Ein bißchen Hitler gibt es nicht«, sage ich, »das ist so wie mit dem Schwangersein: entweder ganz oder gar nicht.«

»Du willst mir erklären, was wir in Nicaragua brauchen? Du bist ein gottverdammter, imperialistischer Besserwisser.«

»Als Katholik solltest du nicht fluchen.«

»Siehst du«, sagt er triumphierend, »schon wieder! Unverbesserlich, diese Gringos.«

»Ich bin weder ein Gringo noch ein Imperialist, auch kein Australier. Ich bin Österreicher, wenn du das endlich zur Kenntnis nehmen willst.«

»Um so schlimmer für dich«, erwidert er verdächtig zahm, »ihr mußtet ja den Hitler überhaupt erst erfinden; darauf wäre doch kein vernünftiger Mensch gekommen.«

Ich geh zum Fenster, schau durch das Gitter, das heute geschlossen ist, schweige.

»Ich hab's nicht so gemeint«, sagt er verdruckst, »du bist ja ein ganz netter Kerl. Und aus deinem Land kommt auch mein Lieblingsdichter, besser als Ruben Dario und Ernesto zusammen: Georg Trakl.«

Mir bleibt der Mund offenstehen.

Ich werde vom lauten Brummen von Lastwagenmotoren geweckt. Räder mahlen, als hätte sich ein Fahrzeug festgefahren. Gehupe, Gebrüll. Ich eile ans Fenster.

Draußen schimmert die Basura im Sonnenglast, Rauchwolken steigen da und dort auf, der schwarze

Qualm von brennenden Autoreifen. Der Wind treibt den beizenden Gestank zu mir herüber.

Lastwagen um Lastwagen rollt heran, kippt den Müll von der Ladefläche. Ein paar Gestalten geistern in diesem Inferno herum, es werden immer mehr. Schließlich sind es an die hundert, die sich wie menschliche Aasgeier auf den Müll stürzen und herausklauben, was zu brauchen ist: Eßbares, Brennbares, Verkaufbares.

Die Größeren schubsen die Kleineren zur Seite, die Kleineren die Kinder.

Schreien, Weinen, Fluchen.

Ein dicker Kerl entreißt einem Kind seine Beute, eine vollgestopfte Strohtasche, stößt das Kind zu Boden, rennt davon. Das Kind steht schwankend auf, hebt anklagend die Arme, setzt sich auf eine zerschlissene Matratze und weint.

Ich hämmere an die Zellentür.

»Amado, komm schnell!« rufe ich, so laut ich kann.

Amado reißt die Tür auf. »Was ist denn los?« fragt er unwirsch.

Ich führe ihn zum Fenster. Ich zeige auf die wabernde Müllhalde, auf die Meute, die aus der nächsten Fuhre zusammenrafft, was es zusammenzuraffen gibt. Deute auf den kleinen Jungen, der dasitzt und hustet und heult.

»Geh zu ihm und frag, wie ich ihm helfen kann, schnell!«

Ich sehe Amado zu dem Kind laufen, sehe ihn auf das Kind einreden, in Richtung Gefängnis deuten. Dann kommt er langsamen Schrittes zurück.

»Was hast du ihm gesagt?« frage ich atemlos, als er wieder bei mir ist.

»Ich habe gesagt, da drüben ist einer, ein Chele, der dir helfen will; was möchtest du?«

Er tritt ans Fenster und schaut hinaus.

»Na, was hat er gesagt?« dränge ich.

»Er hat gesagt, wenn der Chele schon im Gefängnis sitzt, wird er nicht viel machen können. Aber wenn er unbedingt helfen will, sag ihm, er soll mehr Müll schicken, damit wir alle was abkriegen. Sag ihm: Mas Basura!«

»Bring seinen Eltern Geld, du kennst sie doch sicher.«

Amado schweigt. Dann: »Er hat keine Eltern.«

Heute trägt der Wind den Klang vieler Glocken herüber, ein stählernes Gebimmel ohne Seele, als ob die Glocken aus Blech sind. Amado hat die Uniform gebügelt, ein frisches Hemd an und die Haare geschnitten.

»Was ist los?« frage ich.

»Das weißt du nicht«, sagt er, und sein linkes Auge blitzt überlegen: »Prozession.«

»Entschuldige, daß ich das nicht wußte, ich hab' keinen Kalender. Brauch' ich auch nicht, sonst fang' ich vielleicht noch an, die Tage zu zählen.«

»Es ist die Prozession von Christo-Yankee, ein großes Volksfest, Tausende Leute auf den Straßen, Fahnen, Ölzweige und Zäng-Zäng-Musik.«

»Die Granadinos stehen auf Prozessionen, das hab' ich schon bemerkt …«

»Nicht nur die Granadinos, alle Nicas, aber die

Granadinos drehen durch, wenn sie das Wort Prozession hören. Die Regierung, meine Sandinistas natürlich, wollten diese Prozessionssucht einmal ausnutzen und haben in Managua eine eigene Prozession veranstaltet. Jedes Ministerium hatte einen Altar. Am schönsten war der vom Energieministerium in Zusammenarbeit mit ENA, der Elektrizitätsgesellschaft. Auf einem Transparent, umzuckt von tausend Glühbirnen, stand: Maria und Ena, Licht für alle. Aber für unsere Prozessionen in Granada braucht's keine Sandinistas. Da kommen die Leute von selber und müssen nicht mit Autobussen herangekarrt werden.«

»Aha«, sage ich leicht verärgert, »und wer ist dieser Christo-Yankee?«

»Das ist ein Christus mit Dornenkrone bei der Geißelung. Er sitzt auf einem Baumstumpf und ist überall mit blutigen Wunden übersät.«

»Großartig!«

»Oh Haupt voll Blut und Wunden …« fängt er an zu singen, »kennst du wohl, oder?«

»Aber warum Yankee? Das versteh' ich nicht.«

»Weil er am ganzen Körper so dicke Muskeln hat wie Arnoldo Tscharnegge.«

»Wer?«

»Tscharnegge! Sag' bloß, du kennst Tscharnegge nicht?«

»Nein, ich weiß wirklich nicht.«

»Na, der Kerl aus Hollywood, der Exterminadór …«

»Ach, Schwarzenegger, doch, den kenn' ich, ein gewaltiges Kraftpaket – übrigens Österreicher wie ich.«

Amado betastet meine Muskeln und lächelt mitleidig.

»Damit kannst du bei einem Pudding-Wettbewerb antreten ...« Er lacht, daß er fast erstickt. Ich kenne niemanden, der so lachen kann wie Amado.

»Weiter«, sage ich, »der Christo-Yankee ...«

»Du unterbrichst mich ja dauernd«, sagt er, von seinem Gelächter immer noch wie von Erdstößen geschüttelt.

»Der Christo-Yankee sitzt also da und hat ein Röckchen an, so wie der Musiker neulich im Café ›Vienes‹. Früher hatte er so eine Windel um die Hüften, aber die Frauen tasteten ihn immer ab, wollten herausfinden, was unter der Windel los ist und ob es ein Wunder gibt, wenn sie ihn streicheln, ob die Windel eine Himmelfahrt macht. Da haben sie ihm sein Röckchen verpaßt.«

»Ich habe mal in der Werkstatt von Bellas Artes einen Heiland gesehen, der hatte eine echte Perücke auf.«

»Na klar hat der Christo-Yankee eine Perücke und Glasaugen und angeklebte Wimpern, wie Marlene Dietrich, und Wunder tun kann er auch. Ich hab' ihn mal festgehalten am rechten Oberarm, wo sein Bizeps am dicksten ist – mit aller Kraft, eine ganze Stunde lang. Ich ging nach Hause, mit Rosalía ins Bett, und – so schnell kannst du gar nicht schauen – schon war sie schwanger ...«

»Gehst du zur Prozession?« frage ich.

»Natürlich«, sagt Amado, »aber anfassen tu ich ihn nicht.«

Heute raschelt es hinter meiner Pritsche. Das klingt so, als hätte sich einer von diesen großen, tropischen Schmetterlingen verirrt. Wie Flügelschwirren gegen das Mauerwerk. Ich schaue zwischen Matratze und Wand hinunter, und da sitzt eine Ratte und schaut mich ganz freundlich an mit ihren glänzenden Knopfaugen. Ich lege mich aufs Bett und warte. Ich schiele zum Bettpfosten, ob sie da vielleicht hochkrabbelt. Tatsächlich! Ein leises Tapsen, ein Fiepton, schon hockt sie neben meinen Füßen auf der Pritsche und wittert, das heißt, ihre kleine Trüffelnase vibriert zitternd, und sie erinnert mich komischerweise an Claudia Schiffer, wenn sie für ein Vogue-Foto ein Schnäuzchen macht.

Langsam kommt das Tierchen näher, schnuppert an meiner Hose. Ich rühre mich nicht. Sie trippelt zum Bettrand und schaut hinunter, zieht den Kopf erschrocken ein, als wollte sie sagen: Mann, geht's da weit hinunter.

Ich schiele über den Bettrand und sehe unten am Boden ein paar Reiskörner, die mir beim Frühstücken runtergefallen sind. Davor sitzen in fröhlicher Runde drei Rattenkinder, ziemlich nackicht noch, und verzehren genußvoll, mit gefalteten Pfötchen, meine Reisreste.

Plötzlich geht die Tür auf. Die Ratten verschwinden wie Quecksilber, das aus einem kaputten Thermometer auf harten Boden fällt.

Der Mann in der Tür runzelt angeekelt die Brauen.

Ich sage: »Wer sind Sie denn?«

»Ich bin hier der Jefe, der Jefe von diesem Gefängnis.«

»Aha«, entfährt es mir, »was sagen Sie zu den Ratten?«

»Was für Ratten?«, fragt er und schaut sich um.

Die Rattenkinder, anscheinend antiautoritär erzogen, veranstalten ein geräuschvolles Wettrennen durch die Zelle: unter dem Bett hervor, über die Schuhe des »Chefs«, auf den Tisch und raus zum Fenster.

»Was denn für Ratten?« fragt er noch einmal und putzt sich im Stehen den Schuh, über den die Ratten gelaufen sind, am Hosenbein ab.

»In meinem Gefängnis gibt's keine Ratten, das wär' ja noch schöner!« Spricht's, und weg ist er.

Leider bleibt es bei diesem einzigen Besuch. Nein, nicht des Direktors, sondern der Ratten. Ich habe bei dem Tschechen Ladislav Mnacko eine wunderbare Geschichte von einem Gefangenen gelesen, der allein auf einen Leuchtturm verbannt wird und mit einer Ratte Freundschaft schließt.

So wollte ich es auch gerne haben, die Ratte zahm machen und Amado eines Tages mit ein paar Kunststücken überraschen: Pirouetten, einem Salto oder einem Wiener Walzer.

Obwohl ich Speck auf die Fensterbank lege, einmal sogar Käse – in der Früh ist mein Köder verschwunden, und die Ratte auch. Ich nehme an, daß sie eine unüberwindliche Abneigung gegen uniformiertes Personal hat.

»Was wollte der Gefängnis-Heini eigentlich von mir?« frage ich Amado.

»Er wollte dir sagen, daß du das Gefängnis verlassen und in die Casa umziehen kannst, wenn du willst. Mußt dich nur jede Woche einmal bei der Polizei melden.«

»Nee«, sage ich, »ich bleibe. Schon wegen deines guten Essens und deiner saumäßigen Behandlung.«

»Meinst du das im Ernst?« fragt Amado erschrokken.

»Na klar«, sage ich. »Kein einziges Mal hast du mich gefragt, was ich da schreibe, warum und wieso, warum ich es so schreibe und nicht anders, ob es jemals auch nur eine Sau lesen wird und ob ich schon einen Verleger habe. Dafür bin ich dir sehr dankbar.«

Heute ist meine Zelle nicht mehr so kahl. In der Ecke steht ein riesiger weiß gestrichener, domartiger Käfig mit Teresita drin.

Maximilian hat mich besucht. Ich erzählte ihm die Rattengeschichte.

»Ich glaube, du wirst mir langsam ein bissl loco«, sagte er.

»Möchtest du Teresa als Gesellschafterin?«

Ich schmunzelte.

Teresita und ich hatten einmal eine sehr gute Beziehung zueinander. Sie hatte mich neben Maximilian, den sie über alles liebt, als ihren Ersatz-Novio auserkoren.

Teresita ist eine »Lapa«, eine etwa 60 cm große, knallrote Papageiendame unbestimmten Alters.

Sie ließ sich von mir anstandslos am Kopf kraulen, gab mir ihre Krallenpfote, wenn ich leise sagte: »Hecha la patita«, und sprach gelegentlich mit mir, wenn sie besonders guter Laune war. Ich brachte ihr mit unermüdlicher Geduld die Worte »Teresita, reina de Granada« bei, worauf sie »Papperlapapp« krächzte, was ihr ein übelwollender Brigadist eingetrichtert hatte.

Im Laufe der Zeit kühlte sich unser Verhältnis ab. Kraulen war nicht mehr, sie sagte »Papperlapapp« schon, wenn ich nur zu »Teresita« ansetzte, und wenn sie meine Finger in ihren Krallen hatte, hakkte sie mit ihrem Schnabel auf meine Hand ein, was ungefähr so angenehm war, wie wenn man sich aus Versehen mit der Kneifzange zwickt.

Teresita sitzt also bei mir in der Zelle, leuchtend rot, mit knallgelbem Kopfschmuck. Ich flüstere: »Teresita, alte Schachtel, como estas?«

Sie nähert sich auf den Käfigsprossen im Quergang, schaut erbost mit ihren kalten Hühneraugen und hackt wütend gegen das Eisengitter. Teresa hat einen riesigen, gekrümmten Schnabel, gegen den sich Maximilians Zinken wie ein Stupsnäschen ausnimmt.

»Aber Teresitalein, du bist doch meine alte Novia«, sage ich leise und zuckersüß, worauf sie einen markerschütternden Schrei ausstößt.

»Wir werden uns schon wieder aneinander gewöhnen, gell?« Wieder der Schrei, diesmal so schrill, daß ich denke, die Scheiben zersplittern. So hat sie sich früher nur Frauen gegenüber benommen, die Angst vor ihr hatten und kreischten. Wehe, die rannten davon! Dann watschelte sie mit ihren Plattfüßen im »Über-den-großen-Onkel-Gang« unerwartet hurtig hinter ihnen her und hackte sie in die Waden, was ziemlich unangenehme Wunden zur Folge hatte.

Eines Tages kreischte eine Dame, die gar keine Dame war, besonders wehleidig und brach noch dazu in lautes Schluchzen aus.

Teresa ging ihr doch tatsächlich unter den Rock und zwickte sie in jenen Körperteil, der, wie man sich auch als Mann unschwer vorstellen kann, ganz besonders empfindlich ist. Die Dame mußte sofort ins Krankenhaus, was zu wilden Gerüchten darüber führte, wie sie denn zu diesen äußerst peinlichen Verletzungen gekommen sei. War es doch stadtbekannt, daß man diese Dame, deren Namen ich absichtlich nicht erwähne, nicht allzulange überreden mußte.

Sie versuchte zu erklären, daß es ein Papagei gewesen sei, der sie so zugerichtet habe, aber das hatte einen solchen Lachanfall der Krankenschwestern zur Folge, daß sie es vorzog, das Gerücht von einer Vergewaltigung am Leben zu erhalten. Das Krankenhaus erstattete Anzeige gegen Unbekannt. Der Täter wurde nie gefunden. Allerdings wurde hinter vorgehaltener Hand geflüstert, die Gewalt sei ihr in Maximilians Haus angetan worden, und das hatte wiederum zur Folge, daß manche Bürger auf der Straße Maximilian in höchster Bewunderung nachpfiffen.

Heute holt Maximilian Teresa wieder ab.

»Idiosynkrasie«, sagt er bedauernd, während er den Käfig durch die enge Tür hinausbugsiert.

»Da ist nichts zu machen. Ich glaube, sie ärgert sich so über dich, weil du dich nicht vor ihr fürchtest.«

Als er die Tür schließt, sagt er noch: »Ich glaube,

du solltest dich wieder mal waschen, du riechst ein bißchen streng.«

Amado geht jetzt jeden Morgen, bevor es heiß wird, mit mir ein paar Runden über den Hof. Heute schaut er mich von der Seite an, grinst, sagt aber nichts.

»Is was?« frage ich und schaue schuldbewußt nach, ob mein Hosenstall offensteht.

»Wie bist du eigentlich hierhergekommen, nach Nicaragua? Hast du wirklich nichts Besseres zu tun? Oder bist du so einer, der seine Nase in alles steckt, was ihn nichts angeht?«

»Na ja, weißt du – die Revolution und Ernesto, der damals Kulturminister war und den ich …«

»Papperlapapp«, sagt er abrupt, so wie er das bei Teresita gehört hat. »Du bist ganz bestimmt so ein vernagelter Revolutionsromantiker, der hier machen wollte, was er zu Hause nicht kann.«

»Nee, nee«, sage ich, »so einfach ist das nicht.«

»Doch, genauso einfach ist das. Ihr intellektuellen Wadenbeißer habt genau gewußt, wie man es macht, auf dem Papier – und wir haben's ausgebadet.«

»Ich bin kein Intellektueller«, entgegne ich wütend, »ich bin genauso ein Bauerntrottel wie du, nur nicht so verdammt neunmalgescheit.«

Wir schweigen erst mal.

»Was bist du dann? Kommunist, wie dieser Fidél?«

»Nein, ich bin Katholik, wie du.«

»Noch schlimmer!« sagt er. »Theologie der Befreiung und solches Gesülze. Du hast vergessen, daß bei einer Revolution Leute umgebracht werden und daß es heißt: Du sollst nicht töten.«

»Das hab' ich überhaupt nicht vergessen. Aber es gibt auch in Kreisen der katholischen Kirche, sogar im Vatikan, den Begriff des ›gerechten Krieges‹, und wenn man …«

»Daß ich nicht lache«, schreit er, »schau dir doch die Krüppel an, die überall bei uns herumhumpeln. Die kriegen das an Rente, was du für ein Fressen im ›Marseillesa‹ ausgibst. Gerechter Krieg, so ein Schwachsinn!«

»Darf ich jetzt auch mal was sagen, ja?«

Er nickt.

»Mir hat einmal ein Priester folgendes gesagt: Wenn man den ›gerechten Krieg‹ akzeptiert, was viele vernünftige Menschen tun, dann muß man auch Gewalt bei einer Revolution, also Befreiung von einem Unterdrücker mit Waffengewalt, akzeptieren. Was habt ihr anderes gemacht? Ihr habt den Quälgeist Somoza zum Teufel gejagt, was uns mit unserem grandiosen Führer nicht gelungen ist. Gegen diese Tatsache wirst du ja wohl nichts einzuwenden haben, oder?«

»Unter Somoza war's gar nicht so schlecht, sagt mein Vater. Der arme Scheißer hat zwar jahrelang im Gefängnis gesessen, und sie haben ihm alle Zähne ausgeschlagen, aber dem Land ging's besser.«

»Ich geb's auf«, sage ich verbittert. »Wenn du so einen Unsinn daherredest, könnte ich dir stundenlang in die Fresse hauen. Ich tu's nur nicht, weil ich Pazifist bin.«

»Aha«, sagt Amado, »der alltägliche Faschismus in uns – Zitat: Ingeborg Bachmann.«

»Ich staune immer wieder, was du alles gelesen

hast. Du bist ein literarisches Wundertier, aber politisch auf dem Stand von Papua-Neuguinea, womit ich die armen Papuaner nicht beleidigen will. Ihr Nicas seid alle miteinander Autisten und so vergeßlich, als hättet ihr einen kollektiven Alzheimer: Der Somoza war eine Drecksau, und damit basta!«

»Okay«, sagt er, »das wollte ich nur von dir hören. Ganz so blöd, wie du tust, bist du gar nicht.«

»Es gibt zwei Dinge auf der Welt, die wirklich Spaß machen: ein saftiger Orgasmus und eine Streiterei mit dir. Über die Rangordnung bin ich mir noch nicht ganz im klaren. Sag deinem Vater, er soll mich hier mal besuchen. Alte Männer können besser miteinander reden. Mit dir verschwende ich häufig meine Zeit.«

Lange Pause.

»Mein Vater ist tot, aber ich hab was von ihm, etwas, das ich immer bei mir trage.«

Er kramt eine zerfledderte Geldbörse aus der Hosentasche, holt einen kleinen Zettel aus einem Seitenfach und faltet ihn auseinander.

»Ich hoffe, man kann's noch entziffern«, sagt er und starrt auf das vergilbte Papier, wie ein Wissenschaftler, der ein seltenes Insekt betrachtet.

»Bevor du es liest, mußt du die Vorgeschichte wissen. Mein Vater war ein einfacher Fischer aus Malacatoya, konnte weder schreiben noch lesen. Dann kam Anfang der Achtziger die Alphabetisierungskampagne der Sandinisten.

›Ich will es lernen‹, sagte er.

Rosalía, die älteste Tochter unseres Nachbarn, war damals zehn. Sie gab ihm Unterricht. Jeden Tag eine

Stunde, bevor sie in die Schule ging. Nach ein paar Monaten, ich weiß nicht mehr, wann genau, nahm er ihr das Schulheft aus der Hand und bat sie um ihren Bleistift. Er setzte sich an den wackeligen Küchentisch und schrieb mit seinen schweren, ungelenken Fingern diese Zeilen. Da, lies!«

Er reicht mir den Zettel, der an den Rändern wie von Mäusen angefressen aussieht. Darauf steht, kaum noch erkennbar, dieses Gedicht:

Der Bleistift ist kurz
Das Leben ist lang
Blei ist schwer
Leben auch
Der Bleistift wird kürzer beim Schreiben
Das Leben wird kürzer beim Leben
Bleibt kaum ein Hauch
Der Blei ist schon so winzig
Hab kaum noch Zeit zum Schreiben
und hätt' Euch so viel zu sagen
Der Blei ist zu Ende
Mein Leben auch

Fernando Lenin Lopez, Fischer

Lange Pause.

Ich reiche ihm das Papier zurück. Er steckt es umständlich in die Geldbörse zurück, und wir setzen unseren Gang durch den Gefängnishof fort.

»Schade, daß ich ihn nicht kennengelernt habe …«, sage ich.

Lange Pause. Das Gefängnis dreht sich um uns.

»Was schreibst du da eigentlich?« fragt er dann. »Und worüber?«

»Über dich«, sage ich, »hauptsächlich über dich.«

»Um Himmels willen, doch nicht etwa die Wahrheit?« Er starrt mich an.

»Nein, nein, keine Angst, lauter Lügen, so wahr mir Gott helfe.«

Am nächsten Morgen.

Amado kommt in die Zelle. Er hat ein feierliches Gesicht aufgesetzt. »Mach dich fertig«, sagt er, und seine Äuglein blitzen. »Wir machen einen Ausflug.«

Eine Viertelstunde später stehen wir in dem kleinen Hafen von Asese. Er verhandelt mit einem Bootsmann.

Am Ufer stehen noch die Kulissen des William-Walker-Films mit dem spröden amerikanischen Star Ed Harris. Die Bretter der falschen Kolonialhäuser haben echte Patina angesetzt. Die Schilder »Blacksmith« oder »Drugstore« wirken immer noch unecht, ein surreales Potemkinsches Dorf, das sich real im Wasser der Bucht spiegelt. Reflexe tanzen irrlichternd über das Holz, das stellenweise von Moosflechten verunstaltet ist.

»Warum steht das immer noch?« frage ich Amado.

»Kein Geld zur Demontage«, sagt er achselzuckend, »vielleicht auch ein juristisches Problem, weil keiner weiß, wem die Scheiße gehört.«

Wir besteigen ein Boot, das gelb und rot gestrichen ist, die bevorzugten Dekorationsfarben der realsozialistischen Länder, wahrscheinlich Erbe eines farbenblinden Funktionärs.

Der Außenbordmotor springt an, nachdem der Bootsmann, wie ein Boxer in einem rückwärtslaufenden Film, das Startkabel unzählige Male aus dem Motorgehäuse gerissen hat.

Jetzt schnurren wir dahin, weiße Reiher schweben in luftigen Pulks an uns vorüber, die Luft ist lau, über dem Mombacho steht die obligatorische Dunstwolke.

»Wohin geht's?« frage ich Amado. Er legt den Zeigefinger vor die geschlossenen Lippen, lächelt geheimnisvoll. Ich lasse die rechte Hand im schnell treibenden Bugwasser baden; es ist, als ob ich gestreichelt werde. Ein dicker Fisch, ein Guapote, ergreift erschrocken die Flucht. Ich ziehe die Hand zurück, lasse das Wasser in die pisarrohafte Oberfläche des Sees tropfen, petroleumfarben-blitzend, dann stumpfbraun, je nach Wind- und Sonneneinfall.

Inseln tauchen auf, kleinere, größere, Palmen überall und Mangobäume. Kühe weiden am Ufer, winzige Boote, aus einem Stamm gefertigt, treiben in der Dünung. Ein Mädchen schürzt die Röcke und wirft eine Angel aus. Jetzt läßt sie den Rock fallen und winkt – ich winke zurück und bin's gar nicht: Gemeint ist der Bootsmann.

Links eine Insel, paradiesisch in ihrem üppigen Grün, und auf einmal in einer Bucht eine Jacht, mit dem ganzen Schnickschnack der Hochseefischerei. Sie schaukelt in unserem Kielwasser zwischen braunen Einbäumen, die in den Wellen zu tanzen anfangen, als ob sie jeden Moment umkippen.

Ich sage: »Ayrton Senna hat seinen Ferrari-Boliden zwischen lauter Trabis geparkt ...«

Amado schaut mich ziemlich besorgt an. Er schüttelt den Kopf, tippt sich mit dem Zeigefinger an die Stirn.

Jetzt landen wir an einer Bucht, deren Grund aus runden Steinen besteht, die rötlich durch das flache Wasser leuchten. Der Motor erstirbt. Lautlose Stille, bis auf der Nebeninsel ein Hahn kräht.

Wir gehen an Land. Amado führt mich an einem zerborstenen Swimmingpool vorbei – im Poolhaus rostet ein riesiges Ungetüm von Dieselmotor vor sich hin – zu einer verfallenen Hütte, deren Tür im Wind ächzend auf und zu schlägt. Daneben ist so etwas wie eine Bar, ein abgebrochener Zapfhahn, vermoderte, umgestürzte Hocker und ein Eisschrank, in dem zersplitterte Flaschen liegen.

Ich nähere mich dem Tresen, dessen Oberfläche aus Fliesenteilen kunstvoll-kitschig zusammengesetzt ist.

Ein Gesicht taucht aus dem Halbschatten auf, wird von der Sonne getroffen, wie wenn du einen Scheinwerfer einschaltest.

Es ist eine sehr schöne Frau.

Sie lächelt nicht, hat es auch gar nicht nötig, wirkt eher traurig mit dem streng nach hinten gestriegelten Haar.

Amado zeigt auf sie wie ein Varieté-Ansager. »Rosalía, meine Gemahlin. Ich lasse euch jetzt allein«, sagt er noch, und im Umdrehen: »Rosalía will mit dir reden.«

Die Zikaden fangen jetzt schlagartig zu kreischen an, schrill wie tausend Fußballschiedsrichter, die im nächsten Moment die rote Karte hervorkramen und triumphierend in die Luft halten.

Ich schaue die schöne Frau – vielleicht etwas zu lange – an, und als ob sie meine Gedanken lesen könnte, sagt sie: »Brauchst dir gar nicht den Kopf zu zerbrechen, was du jetzt sagen sollst. Der einzige, der hier redet, bin ich, und du hörst zu.«

Als sie mein ratloses Gesicht sieht, muß sie lächeln. »So schlimm wird's auch wieder nicht«, sagt sie mit einer winzigen Grimasse, bückt sich hinter den Tresen und bringt eine Flasche Bier zum Vorschein, stellt sie vor mich hin, läßt aber nicht los.

Das Bier steht vor mir in der gleißenden Sonne, übersät von winzigen Kondensperlen, die langsam nach unten wandern.

»Woher hast du eiskaltes Bier?« frage ich.

»Ich kann zaubern«, sagt sie trocken und lacht jetzt wie ein kleines Mädchen.

Die Hand, die das Bier hält, ist braun und verblüffend zierlich. Lange Finger wie bei gotischen Madonnen, die Nägel rosa. Und jetzt läßt sie los, öffnet die Finger wie einen Fächer. Die Handfläche ist weiß und von Linien und Falten übersät wie krakeliertes Porzellan.

»Siehst du«, sagt sie und lächelt nicht mehr. »So sieht die Hand einer Frau aus, die alles allein macht, das Haus, die Wäsche, die Küche, die Kinder, die auch noch den Boden hackt, damit was wächst … Und was macht Amado, dieser Faulpelz? Sitzt im Gefängnis, das er sich lebenslang verordnet hat, raucht, liest Zeitung und redet sich den Mund fusselig über Politik und andere Sachen, von denen er nichts versteht. Und abends kommt er nach Hause, ist müde, gähnt, raucht, liest immer noch Zeitung, liegt in seiner Hamaca und stöhnt über die Arbeit, die ihn kaputtmacht – und diese Hand mit den tausend Falten, die du so anstarrst, darf ihn bedienen.« Pause.

»Du mußt mit ihm reden. Auf dich hält er große Stücke. Seit er mit dir zusammen ist, hat er sich verändert, er ist ein anderer geworden, einer, den ich nicht geheiratet habe …«

»Bist du nicht die Frau, die mit den Tomaten geschmissen hat?«

»Ja«, sagt sie, »das stimmt. Aber wenn er dir vielleicht erzählt, daß ich ihn mit der Machete verprügele, das ist gelogen.« Ich schau sie genau an. Die Sonne scheint rotglühend durch ihre Ohrläppchen.

»Und hast du wirklich Tuberkulose?« frage ich besorgt.

»Vollkommener Blödsinn! Ich bin kerngesund, gracias a dios. Der Saukerl steckt voller Lügengeschichten …«

Ich öffne das Bier. Es knallt leise, und der weiße Schaum, der in der Hitze hochsteigt, läuft mir über die Hand.

»Was soll ich ihm sagen? Daß er seinen Beruf aufgeben soll? Ich denke, er verdient ganz gut.«

»Er kriegt einen Scheißlohn«, sagt sie bitter. »Es reicht nicht mal für das bißchen Schulgeld.« Wir schweigen.

»Wenn Amado das Gefängnis verläßt, beschwere ich mich beim obersten Gericht und trete in den Hungerstreik.«

Sie schaut mich kopfschüttelnd an. »Ich will ihn zu Hause haben – ich liebe ihn nämlich noch immer«, sagt sie mit Mühe.

Das Bier ist warm geworden. Ich nehme einen tiefen Schluck. Es schmeckt bitter. Als ich die Flasche auf den Tresen zurückstelle, sehe ich, daß sie weint.

In der Nacht bebt die Erde.

Ich habe mich schon gewundert, daß meine Ratte samt Kindern in die Zelle zurückgekehrt ist. Sie laufen wie in Panik herum. Punkt Mitternacht verlassen sie fluchtartig mein Quartier. Es erinnert an die unnatürliche Hast früher Stummfilme. Kurz darauf fängt die Zelle an zu schwanken. Ich stelle mich in den Türrahmen, was aber wohl ziemlich sinnlos ist, da die Wand höchstens acht Zentimeter dick ist.

Die Karikatur von Manfred Deix, die Waldheim auf seinem SA-Roß darstellt und die ich gegen das Heimweh aufgehängt habe, fällt samt Glas und Rahmen klirrend zu Boden.

Ich habe Todesangst.

Der nächste Morgen kommt strahlend, als ob nichts gewesen wäre. Es folgen noch einige kleinere Nachbeben, die den Magen in Aufruhr versetzen wie

Flugturbulenzen über der Karibik. In der Ferne scheppern die Kirchenglocken, wohl durch das Beben in Schwingung versetzt, dann herrscht Stille.

Auf der Müllhalde vor dem Fenster ruht die Arbeit. Frühstück gibt's keines. Auch kein Mittagessen.

Erst am Nachmittag öffnet Amado behutsam die Zellentür, kommt leise herein und stellt ein Radio auf den Schreibtisch. Er schaltet es ein und hängt den Waldheim wieder an seinen Platz. Das Glas des Bildes ist gebrochen, so daß sich auf seiner Wange ein Schmiß gebildet hat, das Kainsmal schlagender Verbindungen.

Es dauert etwas, bis der alte Röhrenapparat warm wird. Dann prasseln die Meldungen, von starkem »Fading« unterbrochen und manchmal unverständlich, in die Gefängniszelle. Der Hurrikan »Mitch« hat das Land heimgesucht, Wälder gerodet, Brücken zerstört, ganze Häuserzeilen zum Einsturz gebracht. Der Präsident sagt nonchalant, man habe alles im Griff.

Draußen hört man jetzt die Sirenen der Feuerwehr, aus dem Lautsprecher kommt heroische Musik, von Werbung unterbrochen: »Bei der Banco Comercial ist Ihr Geld in guten Händen«, sagt eine ölige Stimme.

Dann wieder Meldungen im Stakkato-Tonfall, der Ausnahmezustand ist verhängt.

Und jetzt der Vizepräsident, der ausländische Hilfe nicht für erforderlich hält, »besonders nicht die aus Kuba, weil oppositionelle Medien nur versuchen, die Lage künstlich zu dramatisieren«.

Beschwingte Musik, wie man sie bei Flugzeugstarts gewöhnt ist, bekräftigt, daß der Mann bestimmt die Wahrheit gesagt hat. Es habe wohl einige Tote gegeben, heißt die nächste Meldung, aber Grund zu irgendeiner Panik sei keineswegs vorhanden.

Und dann, wie ein Schlag, die Nachricht vom Las Casitas, einem eher unscheinbaren Vulkan, zwischen zwei größeren, dem Cerro Negro und dem San Cristóbal, gelegen.

Im Norden und Nordwesten des Landes sind dem Hurrikan Mitch wolkenbruchartige Regenfälle vorausgegangen. Im Krater des Casitas hatte sich eine gewaltige Wassermenge gesammelt, Zigtausende von Tonnen, die schließlich den Kraterrand wie einen Staudamm bersten ließ. Darauf ergossen sich die Wassermassen, mit Sand und Erde vermischt, als verheerende Schlammflut ins Tal, drei Dörfer mit zweitausendfünfhundert Menschen unter sich begrabend.

Die journalistische Giftküche produziert wilde Anschuldigungen – als ob man die Schuld an einer Naturkatastrophe dieses Ausmaßes irgend jemandem in die Schuhe schieben könnte. Unter anderem entsteht das Gerücht, ein Reporter der »Sun« habe, per Hubschrauber an den Ort des Grauens geflogen, das Wrack einer Baumaschine entdeckt, was darauf schließen lasse, daß unverantwortliche Bautätigkeit in der Nähe des Gipfelplateaus zu dieser nationalen Katastrophe geführt habe.

Recherchen ergeben, daß ein Unternehmer tatsächlich dort oben die Planierungsarbeiten für ein »Aussichtshotel« begonnen hat. Aber die Gerüchte werden weder bestätigt noch dementiert und versanden schließlich.

Amado steht in der Zellentür und bringt eine kurze Botschaft Maximilians: Wir sollen sofort in die Casa kommen. Amados Gesicht unter der braunen Mestizen-Haut ist graugrün. Er hat die Narrenkappe an den Nagel gehängt. »Los, komm schon«, sagt er ungeduldig. »Schnell!«

»Bin ich jetzt frei?« frage ich kopfschüttelnd.

»Mach keine blöden Witze«, sagt er verärgert. »Ich habe alle Gefangenen rausgelassen und mit einem Lastwagen zur Unglücksstelle geschickt. Schau nicht so skeptisch, sie haben Pickel und Schaufeln dabei.«

Beim Hinauslaufen sehe ich, daß alle Zellentüren offenstehen.

In strömendem Regen fahren wir durch ein wassertriefendes Granada.

»Du wirst meine Geliebte sein, für alle Zeit«, hat Hernandez de Córdoba gesagt, als er die Sonne über Granada aufgehen sah. Er ahnte nicht, was dieser Geliebten alles bevorstehen würde und daß sie als älteres Fräulein, trotz Pestilenz und Feuersbrunst, immer noch so schön sein würde, wie er sie beim ersten Mal erblickte. Jetzt sind ihre Haare naß, ihre Kleider durchgeweicht, Schminke und Wimperntusche laufen als bräunliche Brühe in die überquellende Kanalisation.

In der Casa herrscht gedämpfte Krisenstimmung. Einige Consejales, Stadtverordnete, sind da, und die neue Alcaldesa, die Bürgermeisterin, eine Dame von vornehmer Gelassenheit.

Es wird ein Notkomitee gebildet, unter Einbeziehung von Feuerwehr und Notärzten des Gesundheitsministeriums.

Der Wasserspiegel des Nicaraguasees ist bedrohlich gestiegen. In den letzten zwei Tagen sind hundertvierzig Zentimeter Regen gefallen.

Aus Malacatoya erreicht uns die Meldung, daß ein Großteil der Häuser unter Wasser steht. Viele Menschen haben sich auf Hausdächer und in Baumkronen gerettet. Hunderte von Tierleichen treiben im Wasser. In einer Zuckerfabrik oberhalb des Dorfes hat man die Schleusen des Staudammes geöffnet, und die Flutwelle hat die Leute von Malacatoya ohne Vorwarnung überrollt.

Amado wohnt in Malacatoya, Rosalía und die Kinder sind dort.

»Ich werde kündigen«, sagt er mit einer Stimme, die gar nicht zu ihm paßt. »Was soll ich in diesem Mäuse-Alcatraz von Gefängnis? Rosalía hat recht, hätt' ich nur früher auf sie gehört.« Dann ist er weg, läßt uns alle ratlos sitzen.

Maximilian schlägt vor, daß wir per e-Mail einen Hilferuf an verschiedene europäische Zeitungen richten. Als wir das fertig haben, ist Amado wieder da, und draußen wartet ein Jeep mit laufendem Motor.

In der Bucht von Asese liegt die Jacht mit dem Hochseefischerei-Outfit, die schweren Motoren heulen im Leerlauf, und ein gedrungener Mann winkt uns an Bord.

Es ist Joe, ein amerikanischer Produzent, der nach den Dreharbeiten zum »Walker«-Film hier Anker geworfen hat.

Der Regen ist jetzt noch dichter geworden, Blitze zucken über die Bergketten von Chontales, und unser Boot, zweihundert Pferdekräfte unter der Haube, rast über den aufgeregten See.

Die Fahrt nach Malacatoya dauert bei diesem Affenzahn vierzig Minuten. Dann kommen die ersten Häuser in Sicht, Tierkadaver treiben, in grotesken Verrenkungen, durchs schlammige Wasser. Auf den Bäumen sitzen tatsächlich die Menschen, auf den Firsten der Ziegeldächer, im Geäst eines uralten Seiva-Baumes.

Ein Anlegemanöver ist unmöglich, da das Boot, fürs offene Meer gebaut, zuviel Tiefgang hat.

Die Leute kommen in ihren Einbaum-Booten und einer Blechzille mit Außenbordmotor auf uns zu, Joe versucht verzweifelt, die Position zu halten. Wir werden an der Ankerkette ruckartig hin und her gerissen. Die kleinen Boote kommen längsseits, werden krachend an die Bordwand geschleudert. Über Strickleitern und mit Seilen werden die Menschen an Bord gehievt. In dem rechteckigen Metallboot, das wie eine Blechschachtel auf dem Wasser tanzt, kauern vielleicht zwanzig Menschen, vor allem Alte, Frauen und Kinder.

Amado starrt wie von Sinnen in die Gischt, entdeckt Rosalía, hilft ihr an Bord. Sie hat das kleinste der Kinder im Arm, die anderen folgen, eins nach dem anderen.

Auf einer Trage liegt, mit Gurten festgeschnallt, eine Frau. Sie an Bord zu bringen, ist in dem Seegang fast unmöglich, aber schließlich gelingt es. Sie hat die Augen geschlossen und stöhnt. Ihr Gesicht hat die Farbe vergilbten Papiers, ihr Mund ist leicht geöffnet und zeigt zwei Reihen makelloser Zähne.

»Was ist mit ihr?« frage ich Rosalía.

»Die Wehen haben eingesetzt, die Fruchtblase ist geplatzt, aber das Kind liegt verkehrt. Man hat sie zur Fähre gebracht, die Malacatoya mit der Außenwelt verbindet, aber das Drahtseil des Fährschiffes ist im Sturm gerissen. Da waren alle Wege abgeschnitten. Barmherzige Schwestern haben sie versorgt, so gut sie konnten. Aber – es geht ihr nicht gut.«

»Wie alt ist sie?« frage ich.

»Neunzehn«, sagt Rosalía, »hat schon zwei Kinder. Sie heißt Bianca.«

Als wir die Mole von Granada erreichen, gönnt uns der Regen eine Pause. Wir bringen alle an Land.

Als Bianca im Krankenhaus von Granada eingeliefert wird, ist sie schon tot.

Delegationen verschiedener nationaler und internationaler Hilfsorganisationen bieten Hilfe an. Decken werden herangekarrt, Latrinen und notdürftige Waschgelegenheiten eingerichtet. Die meisten der Geretteten haben Erkältungen, husten, stecken sich gegenseitig an.

Die folgenden Tage sind erfüllt von hektischer Aktivität. In Schulen und der Kirche von Xalteva werden Notlager vorbereitet. Ununterbrochen fahren Rettungsboote die 28-km-Strecke zwischen Granada und Malacatoya hin und her, bringen schließlich achttausend Obdachlose in Sicherheit, darunter fünftausend Kinder. Treibstoff und Lebensmittel werden knapp.

Die Stimmung unter den Leuten ist stoisch verzweifelt.

Es stellt sich heraus, daß die verschiedenen Hilfsangebote schwer zu koordinieren sind.

In der Altstadt sind einige Häuser, vom Regen durchweicht, zusammengestürzt.

Es hat zwei Fälle von Cholera gegeben.

Das vergammelte Krankenhaus platzt aus allen Nähten, Säle und Gänge sind überfüllt.

Der nur ein paar Kilometer entfernte Vulkan Massaya hat zu spucken begonnen, schwefelhaltiger Aschenregen versengt die Kulturen.

Aus Deutschland und Österreich sind die ersten Rückmeldungen eingetroffen. Viele Menschen spenden.

Rosalía ist mit ihren Kindern und Amado ins Kloster San Fransisco gezogen, oder hätte ich sagen sollen: Amado ist mit Rosalía usw.? Nein, ich glaube, die Reihenfolge entspricht schon den Tatsachen.

Im San Fransisco gibt es einen wundervollen Patio, einen offenen Innenhof, von Kreuzgängen umrahmt. In der Mitte ist ein vertrockneter, runder Brunnen, oder vielmehr dessen Überreste, und drumherum spendet ein dichter Palmenhain Schatten, so daß man sich am Tage dort gemütlich in der Hamaca schaukeln kann, natürlich nur, wenn kein Regen herunterprasselt.

Rosalía hat streng darauf geachtet, daß die Stämme der Palméras beim Befestigen der Hängematten nicht verletzt werden.

Amado hat tatsächlich bei der Gefängnisbehörde

gekündigt und gebeten, einige Matratzen aus den Zellen »entleihen« zu dürfen, damit seine Kinder nicht auf dem nackten Boden schlafen müssen.

Natürlich hat er weder auf die Kündigung noch auf sein Gesuch Antwort bekommen, und daher haben wir auf dem Markt von Massaya ein paar »hamacas matrimonales« erstanden, das sind mehrschläfrige Hängematten. Darin tummelt sich die ganze Bande, tags unter den Palmen, nachts in der Obhut des Kreuzganges.

Als ich heute zu einem kurzen Besuch vorbeischaue, bietet sich mir folgendes Bild: Amado liegt in der Hängematte und raucht eine Zigarre, hierzulande puro genannt, er blinzelt in den regnerischen Himmel und schließt jedesmal erschrocken die Augen, wenn ihn ein verirrter Sonnenstrahl trifft. Die Uniformjacke hat er gegen ein buntes Hemd getauscht, auf dem der Spruch »Sambo no, trabajo si« zu lesen ist.

»Wo hast du denn dieses scharfe Teil her?« frage ich verblüfft.

»Aus Kuba«, sagt er gähnend, »Geschenk von Fidél.«

Jetzt muß er furchtbar husten, sei es wegen der billigen Zigarre, sei es wegen des Rauches, den ein Windstoß von der nahegelegenen Feuerstelle zu ihm herüberbläst.

»Mußt du die Feuerstelle unbedingt so plazieren, daß ich ersticke?« schreit er zu Rosalía hinüber, die damit beschäftigt ist, ein Stück Fleisch zu braten, und ihn keines Blickes würdigt.

»Hola«, ruft sie mir zu, »setz dich her und iß mit uns.«

Ich setze mich auf einen Stein, der aussieht, als hätte er irgendwann zu einer präkolumbianischen Figur gehört, und schaue argwöhnisch auf den Braten, der länglich ist und von dem vier schon ziemlich braun geröstete Stummel ins Feuer ragen. Langsam dreht Rosalía den Spieß, Fett tropft ins Feuer, es zischt.

»Was ist das für Fleisch?« frage ich verunsichert. »Ratte?«

»Du hast sie wohl nicht alle«, sagt sie und lacht schallend, »das ist eine Iguana, und ich hab sie selber gefangen.«

Ich blättere in meinem Gedächtnis und überlege verzweifelt, was Iguana bedeuten könnte.

»Das ist doch nicht etwa ein Leguan?« will ich von Amado wissen.

»Como no«, sagt er grinsend, »wieso denn nicht? Leguan ist so ziemlich das Beste, was du in Nicaragua kriegen kannst – außer meinem Gallopinto natürlich.«

Mein Gesichtsausdruck dürfte dem eines Rauchers entsprechen, der sich eine Filterzigarette verkehrtherum angezündet hat. Amado schaut mich genau an.

»Und du willst ein Gourmet sein, ein Feinschmecker? Du verstehst vom Essen soviel wie die Isländer, die bekanntlich verrotteten Fisch, den sie wochenlang eingegraben haben, für eine Delikatesse halten.«

»Wie hat sie ihn denn gefangen?« frage ich, um abzulenken.

»Nicht ihn, sondern sie, eine Iguana ist feminin, das sollte sogar ein Ignorant wie du wissen, sonst würde sie ja Iguano heißen.«

»Und wie heißt dann er, der Mann von der Iguana?«

»Ach, frag nicht so blöd. Du kannst einem wirklich den Appetit verderben mit deiner Besserwisserei.«

»Also – wie hat sie sie gefangen?«

»Ganz einfach«, sagt er, sich aufrichtend, weil der Braten jetzt fertig ist.

»Die Iguana saß auf dem Dach und sonnte sich. Kommt die Katze und erwischt sie, trägt ihre Beute unvorsichtigerweise – nicht ohne Stolz – an Rosalía vorbei. Und die – sonst wär's ja nicht meine Rosalía – macht einen Hechtsprung und schnappt der Katze die Iguana weg. Und jetzt ist sie fertig, und wir können essen.«

In diesem Moment kommt, Gott sei's gedankt, Mariano aus seinem Café herübergerannt, atmet genußvoll den Bratenduft ein und sagt atemlos: »Leider störe ich im blödesten Moment. Aber du sollst zu Maximilian kommen, und zwar so schnell, wie es deine müden Knochen zulassen.«

»Tut mir leid«, sage ich vergebungheischend zu Rosalía, »Pflicht ist Pflicht, und Iguana ist Iguana ...«

Im Davonrennen höre ich sie noch sagen: »Ich habe deutlich gehört, wie dir der Stein des Widerwillens vom Herzen gefallen ist.«

In der Casa ist eine kleine Gruppe versammelt, wie sich herausstellt, eine Delegation aus Posoltega, wo zweitausendfünfhundert Leute unter der

Schlammlawine des »Casitas« begraben sind. Zur Gruppe gehören der Pfarrer Benjamin V., die Vizebürgermeisterin Mayra G. und eine Notärztin des Gesundheitsministeriums, doctora Josefina L.

Sie haben von einem amerikanischen Fernsehteam erfahren, daß bei uns vielleicht Hilfe zu erwarten sei.

»Na ja«, sagt Maximilian, »wir sind für solche Notfälle nicht gerüstet. Wir haben weder das nötige Personal und schon gar nicht die Maschinen, die bei so einer Katastrophe nötig wären. Aber wir kommen gerne und schauen, was sich tun läßt.«

Amado kommt angerannt, noch an dem letzten Stück Iguana kauend.

»Ich bin dabei«, keucht er atemlos und wischt sich den fettigen Mund mit dem Handrücken ab. Zu sechst sitzen wir in Maximilians Allrad-Veteran mit der Doppelkabine.

»Wie seid ihr denn hergekommen?« frage ich Benjamin, der zwischen mir und Amado auf dem Rücksitz eingequetscht ist.

»Per Anhalter, zuerst in einem Militärauto, dann im Bus von Managua bis Massaya, und das letzte Stück auf einem Viehtransporter.«

Er erzählt uns, nach Worten ringend: Die Folgen der Katastrophe sind unvorstellbar traurig.

»Meine Parroquia hatte zehntausend Seelen. Alles Campesinos, Landbauern mit bescheidenem Besitz. Jetzt ist ein Viertel tot, ein weiteres Viertel haust in fünfzehn Flüchtlingslagern, weil sie kein Obdach mehr haben. Der Rest ist vom Schrecken paralysiert, sie haben viele Verwandte verloren, die jetzt noch unbestattet unter dem Schlamm liegen. Mayra, unsere Vizebürgermeisterin ...«, er dämpft die Stimme, weil Mayra genau vor ihm sitzt, »sie hat allein siebenundfünfzig Familienmitglieder verloren, Alte, abuelos, Onkel, Tanten, Nichten, Neffen, Enkelkinder ... was weiß ich.«

Er muß sich schneuzen, und ich sehe, daß er auf dem Handrücken das »Harley-Davidson«-Logo eintätowiert hat.

Nachdem wir Managua verlassen haben, sticht die Sonne wie verrückt.

Dann kommt die erste zerstörte Brücke. Es sieht aus, als ob eine zornige Kinderhand in einen LEGO-Baukasten gefahren ist. Neben den zerborstenen Pfeilern ein Staudamm. Fröhliche Kinder planschen im Wasser, einige stemmen sich am Rand des Staudammes hoch und winken uns lachend zu.

»Mir ist das Lachen vergangen bei deiner Geschichte«, sagt Amado leise. »Was macht die Regierung?«

»Nichts«, sagt Benjamin, »sie haben das Lawinenfeld zur nationalen Gedenkstätte erklärt.«

»Was heißt das im Klartext?« frage ich ihn.

»Das heißt, daß sie alles so lassen können, wie es ist ...«

Jetzt taucht in der Ferne die Kette der Vulkane auf.

»Der erste, den du da im Dunst erkennen kannst, ist der Cerro Negro ...«

Maximilian reicht sein Swarovski-Fernglas nach hinten.

»Der zweite, kleinere, der keine richtige Spitze hat, ist der Casitas. Durch das Glas wirst du die graue

Schlammspur erkennen, die die Lawine hinterlassen hat. Der dritte heißt San Cristóbal, er ist von den dreien der höchste.«

»Da steht so eine Wolke drüber«, sage ich, »ist er in Aktion?«

Benjamin schüttelt den Kopf.

»Nein, nein, das ist Wasserdampf. Kondenswasser sozusagen, das zu Dampf wird, wenn's aus dem heißen Inneren in die kältere Außenluft aufsteigt. Wenn der Vulkan ausbricht, ist der Rauch schwarz, und er spuckt Kaskaden von glühender Lava. Ich habe es oft gesehen. Eigentlich bin ich aus Nandaime, aber schon lange Pfarrer von Posoltega. Es ist ein gigantisches Schauspiel, schrecklich schön. Was sich mein Herr und Meister da ausgedacht hat, ich weiß es nicht.«

»Er hat sich gar nichts ausgedacht«, erwidert Amado aufmüpfig, »er hat nur den Menschen zu sagen vergessen, daß sie dort nicht wohnen können.«

Wir schweigen ein bißchen. Benjamin betet einen Rosenkranz und schüttelt dabei seine Korkenzieherlocken.

»Was ist eigentlich mit diesem Gerücht von einem Aussichtshotel, das da oben gebaut werden soll?« wage ich ihn in seiner Andacht zu unterbrechen.

»Das stimmt schon«, sagt er irritiert. »Ein reicher Unternehmer hat mit Planierungsarbeiten begonnen, aber es stimmt nicht, daß das der Auslöser der Katastrophe war. Das ist caca de periodistas.«

»Schlimm, das Ganze«, sage ich, um was zu sagen.

»Schlimm ist, daß die Leute ihr Land verloren haben. Ihr werdet sehen, das Gebiet, das der Schlamm zugedeckt hat, ist riesig. Und der Schlamm ist bis zu fünf Metern dick. Jetzt sind die Menschen noch unter Schock, aber morgen, im nächsten Jahr, wo werden sie was anbauen? Sie sind Ackerbauern, ohne Land sind sie gar nichts.«

Wir schweigen, nur das regelmäßige, tuckernde Dieselgeräusch ertönt. Trotzdem höre ich, wie er betet, lateinisch seltsamerweise, und das erinnert mich an die Gottesdienste meiner Kindheit: »Agnus dei qui tollis peccata mundi, miserere nobis.«

Wir biegen jetzt nach rechts ab, erreichen ein breites Flußtal, wo die Wasser in schmalen, gewundenen Prielen nur langsam vorankommen. Felsbrocken liegen herum, entwurzelte Bäume.

Ich bin froh, daß wir keine Kamera dabeihaben. Es gäbe wieder so schöne, pittoreske Bilder, wie wir sie aus allen Notgebieten der Dritten Welt kennen. Die Kamera schönt auch das größte Elend noch. Die Leute sehen das während des Abendessens in der »Tagesschau« und sagen zwischen mariniertem Hering und Wurstplatte: »Mensch, haben's die schön!« Weil der Dreck so schön bunt ist und man den Leichengestank nicht riecht. Und als hätte Mayra Guevarra meine Gedanken gelesen, sagt sie zu uns nach hinten: »Wir müssen jetzt Mundtücher umbinden, der Gestank ist unerträglich.«

Maximilian probiert, eine steile Sandböschung hinaufzufahren, die Räder drehen durch, trotz Allrad und achtfacher Übersetzung. Wir bleiben stekken.

Als wir die Böschung zu Fuß erklommen haben, stehen wir auf der Lawine. Grau wie Elefantenhaut und genauso runzelig, so liegt sie da vor uns, unübersehbar, Hektar um Hektar, zieht sich kilometerlang bis hinauf zum Kraterrand, wo sie ihr Unheil begonnen hat.

Die Sonne brennt jetzt unbarmherzig, kein Lüftchen bewegt die Zweige der Baumleichen, die vereinzelt aus dem Schlamm ragen. Der Gestank von Verwesung dringt durch die Tücher, die wir um Mund und Nase gebunden haben.

Ein Trupp Reiter kommt daher, junge Bauernburschen auf Mulis und kleinen Pferden, schauen aus wie ein versprengtes Grüppchen von Attilas Hunnenschar mit ihren vermummten Köpfen. Einer erzählt uns, daß er oben am Rand des Vulkans war, als der Schlamm aus Wasser und Erde wie bei einem Dammbruch die Kante eindrückte und mit unvorstellbarer Geschwindigkeit zu Tal raste. Omnibusgroße Felsbrocken wurden wie Spielzeug durch die Luft geschleudert, wo sie mit ohrenbetäubendem Getöse aneinanderkrachten.

Dann das Schreien der Verschütteten, die sich aus der zähen Masse nicht befreien konnten.

»Und das dauerte Tage. Kein Hubschrauber konnte landen. Er wäre steckengeblieben. Dann wurde das Schreien schwächer, und dann hörte es auf.«

Ich sehe, daß der Erzähler ein deutsches Wehrmachtskochgeschirr am Gürtel hängen hat. Er greift danach, nimmt einen Schluck Wasser.

Eine der Gestalten wickelt die Tücher von seinem Kopf. Es ist ein älterer Mann, um die fünfzig.

»Ich zeig euch mein Haus – das Haus, wo meine Familie gelebt hat.«

Er reitet voraus, wir folgen ihm zu Fuß. Es ist ein langer, beschwerlicher Marsch bis zum Rand der Lawine. Dort steht, zur Hälfte weggerissen, ein Haus. Es war ein Ziegelbau. Ein Torbogen ist übriggeblieben, die Mauern sind rauchgeschwärzt.

»Ich war in Costa Rica, weil ich dort Arbeit habe und etwas Geld verdienen kann. Dort erreichte mich die Nachricht. Ich bin sofort hergefahren, per Bus – eine lange Reise. Als ich hier angekommen bin, lag vor dem Torbogen mein Pferd. Es war eine alte Stute. Ein paar compañeros haben mir geholfen, es hinter die Ruine zu schleppen. Dort habe ich es begraben. Dann fand ich …« – er stockt, wischt sich den Schweiß vom Gesicht, »dann fand ich Delia, meine jüngste Tochter. Sie war gerade drei …« Er stockt wieder. Dann deutet er auf ein winziges Grab, auf dem ein paar Blumen vermodern.

»Hier liegt sie, sie war meine ganze Freude …«

Er geht von uns weg und richtet den Querbalken des Kreuzes zurecht, der, nur mit einem Stück Schnur befestigt, schräg nach unten gekippt war.

Mir fällt groteskerweise ein Lied ein: »Sag mir, wo die Kinder sind …«, singt Marlene dröhnend in meinem Kopf.

Zwei Hubschrauber kommen über die Kante des Casitas geflogen. Sie nähern sich uns mit dem flatternden Getöse ihrer Rotoren. Plötzlich öffnen sie ihre Bodenklappen. Riesige Wolken weißen Staubes senken sich auf uns nieder.

Es riecht nach Desinfektionsmitteln.

Ich schüttele den Staub von meinem Kopf, dann geht mein Blick wieder nach oben. Die Ruine mit dem geborstenen Tor, die Palme dahinter, das sieht jetzt aus wie der Stall von Bethlehem in der Weihnachtskrippe der Pfarrkirche meines Heimatdorfes. Sie ist die einzige von allen Krippen, die ich kenne, die Jahr für Jahr mit weißem »Schnee« bezuckert ist.

Wir bringen Doña Mayra und Benjamin zur Kirche von Posoltega. Eine Schar Kinder tollt im kleinen »parque« herum. Zwei laufen auf die Frau zu, schmiegen sich an ihre Beine. Sie nimmt die Kinder an die Hand, und die drei Figuren – immer kleiner werdend – gehen im Gegenlicht als umrandete Silhouetten auf der staubigen Straße davon, verschwinden hinter der Kirche.

Benjamin schließt die Tür des bescheidenen Pfarrhauses auf. Ein großer, semmelfarbener Hund springt seinem Herrn entgegen, setzt sich dann an seine Seite. Auch im Sitzen bleibt die Spitze seines Schwanzes, wedelnd, sichtbar.

»Das ist Thor«, sagt der Pfarrer, »ich hab ihn erst ein paar Wochen.«

Er streichelt dem Hund über den Kopf.

»Thor ist ein skandinavischer Gott«, sagt er erklärend. »Ein fremder Gott, den ich jederzeit zu Hilfe rufen kann, kann nicht schaden.«

Amado schaut zum Casitas hinüber, wo die Spur der Lawine wie eine graue Wunde herüber droht.

»Wo waren deine ganzen Götter, als die Lawine runterkam?« fragt er zornig.

»Du darfst nicht zuviel von ihnen erwarten«, sagt der Pfarrer mit einem Lächeln. »Unser Gott hat gesagt: ›Macht euch die Erde untertan‹, aber die Menschen haben das falsch verstanden.«

Amado schüttelt den Kopf.

»Was können die armen Teufel dafür, die da oben unter dem Schlamm liegen?«

»Sie hätten da oben nie wohnen dürfen, aber was blieb ihnen anderes übrig? Als der Baumwoll-Boom zu Ende ging, verloren sie ihre Arbeit. Das Land unter dem Vulkan war billig, sie wußten um die Gefahr. Trotzdem, es war ihre einzige Möglichkeit.«

Beim Abschied wünscht er uns Glück, dreht sich in der Tür noch einmal um.

»Vielleicht könnt ihr mir helfen. Ich brauche etwas Land für ein Pantheon, eine Erinnerungsstätte. Ich will dort eine Kapelle bauen, wo die Leute hingehen und für ihre Toten beten können. Aber mir fehlen natürlich die Mittel, um das zu realisieren. Vielleicht könnt ihr Geld besorgen.«

Er verschwindet mit Thor, seinem vierbeinigen, schlaksigen Wikingergott, im Pfarrhaus.

Ein Windstoß fegt uns Staub ins Gesicht, die Glocken der Kirche schlagen leise an, verstummen, als wir das Auto besteigen.

Ich habe ein Geländefahrzeug gemietet. Ich will in den Norden, nach Sebaco, wo ich eine kleine Landmaschinenfabrik initiiert habe, weiter nach Matagalpa, La Dalia, Posolera, Waslala.

Berichte aus dieser Region sind rar, und ich habe da oben viele Freunde. Ein Schweizer Fernsehteam wird mich begleiten.

»Vergnügungsreise wird's keine«, sage ich zu Räto, dem Kameramann.

Als ich die Casa verlasse, wo ich in einer Hängematte geschlafen habe, ist es noch stockdunkel. Uwe Seeler, der Hauskater, der so heißt, weil er so krumme Beine hat, streicht um meine Füße. Er liebt mich aus unerfindlichen Gründen und stößt einen heiseren Schrei aus, als ich mich dem Ausgang nähere. Davon erwacht der »C.P.F.«, der Türhüter, erhebt sich ächzend aus seinem Sessel und entfernt geräuschvoll den Balken, mit dem das Tor nachts gesichert ist. Dann schließt er die kleine Tür auf, die in das Portal eingelassen ist, und winkt mich hinaus.

»Muchas gracias, Don Carlos«, sage ich, irgendwie schuldbewußt, daß ich ihn seinen Träumen entrissen habe. Er heißt tatsächlich Don Carlos, und es ist sogar etwas Königliches an ihm, in seiner Unnahbarkeit, allerdings bin ich sicher, daß ihm ein Marquis namens Posa völlig unbekannt ist. »Buen viaje«, sagt er lustlos, dann fällt die Tür hinter mir ins Schloß. Vor dem Hotel Alhambra steht mein Leihwagen. Dahinter der grüne Allrad-Jeep des Fernsehteams, bereits beladen und abfahrbereit.

Vor dem Convento San Fransisco wartet Amado. Er schlägt sich wärmend die Arme vor die Brust, und seine Miene verrät nichts Gutes. Wortlos klettert er auf den Beifahrersitz, wirft einen prallgefüllten Leinensack auf die Rücksitze und knallt die Tür zu, daß das ganze Fahrzeug wackelt.

»Ich warte seit einer Stunde«, zischt er, »wo warst du?«

In diesem Augenblick ertönen von der Kathedrale vier blecherne Glockenschläge.

»Ist doch genau vier«, sage ich, während sich unser Jeep in Bewegung setzt.

»Ja, aber du hast gesagt, um drei!«

»Ich habe gesagt, um drei, weil du immer eine Stunde zu spät kommst. Ich konnte nicht ahnen, daß du dieses Ritual ausgerechnet heute durchbrechen würdest …« Wir fahren eine Zeitlang schweigend durch die nächtlich-verwaisten Straßen.

»Ich konnte nicht schlafen«, sagt er mürrisch. »Die Sancudos hatten offenbar beschlossen, sich an meinem Blut sinnlos zu besaufen.«

Er streckt mir die linke Hand herüber, die mit Mückenstichen übersät ist.

»Wenn ich Moskito wäre, ich hätte mich auf Rosalía gestürzt, die hat bestimmt das süßere Blut.«

»Moskitos sind eben nicht so geschmacklos wie du«, sagt Amado verbittert und verfällt dann in brütendes Schweigen.

Der letzte Nachtschwärmer überquert langsam und leicht schwankend die Straße, ein Priester radelt auf einem Damenfahrrad zur Frühmesse, dann liegt die Stadt hinter uns.

Als wir uns Sebaco nähern, etwa auf der Höhe von El Horno, wo sich zur linken Hand die riesigen Reisfelder ausdehnen, liegt ein Sattelschlepper quer über der Straße. Die Ladung Tomaten hat sich auf die Fahrbahn ergossen, wo sie die darüberfahrenden Autos in eine ketchupartige Pampe verwandelt haben.

Menschen sind nicht zu sehen. Die Kabine des Sattelschleppers ist leer, aber das Radio spielt noch, und zwar »O Tannenbaum«, von Nat King Cole in seinem unverwechselbaren Deutsch gesungen.

Wir fahren weiter, erreichen nach kurzer Fahrt die eiserne Brücke von Sebaco, die überraschenderweise heute aus einem riesigen See herausragt. Wir benutzen die Umgehung, die unzählige Reifenspuren in den schlammigen Boden markiert haben, ich setze vorsichtshalber die zweifache Übersetzung und Allrad in Betrieb. Sebaco schläft noch.

Bilder rasen mir durch den Kopf. Ich sehe die Wahlkampfkolonne der Doña Violetta Chamorro im Schrittempo durch den Ort kriechen. Sie, die große alte Dame der Opposition, steht aufrecht in ihrem Auto, gekleidet wie die Immaculada, in Weiß mit blauen Bordüren, breitet die Arme aus, lächelt, segnet gewissermaßen die Menschen am Straßenrand, die applaudieren und auf Frieden hoffen.

An der Abzweigung, wo die Straße geradeaus nach Matagalpa weitergeht, biegen wir nach links, bleiben auf der Panamericana.

Nach ein paar Minuten erreichen wir die Landmaschinenfabrik, die wir vor zwölf Jahren hier gebaut haben. Das Hochwasser hat auch hier schwere Schäden angerichtet.

Die Maschinen, Drehbänke, Bohrmaschinen etc. ragen aus einem schwarzen Sumpf. In dieser Stunde zwischen Nacht und Morgengrauen ist das ein gespenstisches Bild. Eine Ölschicht reflektiert schillernd das Licht unserer Autoscheinwerfer.

Als wir wenden, kommt barfuß und in Unterhosen Nicanor aus der Halle gelaufen. Seine Füße sind schwarz vom Ölschlamm. Wir umarmen uns, und er zeigt nur wortlos auf das Bild der Zerstörung: die Arbeit eines Jahrzehntes zunichte gemacht!

»Häsch du das uff'm Gwüsse?« fragt Räto, der Kameramann, und grinst.

»Die Fabrik schon, das Hochwasser weniger«, sage ich entnervt.

»Schad', daß mir so wänig Liacht händ«, spricht er unbeirrt weiter, »das gäbi guate Bilder in Sachen Entwicklhigshilf'.«

Ich sage nichts. Ich denke daran, unter welchen Mühen diese Maschinen hierhergekommen sind, von einer Gruppe von Idealisten in Deutschland organisiert, verpackt und verladen; nach einer endlosen Reise hier angekommen. Und daß sie schließlich einem Dutzend Menschen über Jahre Arbeit und Brot gegeben haben.

Nicanor winkt uns nach, als wir über die Zufahrt, in der sich ein breiter See gebildet hat, auf die Panamericana zurückkehren. Zwei Enten fliegen auf, die Räder mahlen im Schlamm, und Amado fragt mich, ob wir diese Gringos aus dem fernen Europa nicht besser loswerden sollten.

Eine Stunde später erreichen wir den Kessel von Matagalpa. In der Dunkelheit funkeln die Lichter der barrios auf den Hängen wie die Lichtfenster eines Adventskalenders. Hähne krähen, die Bergkuppen gegen Osten tragen einen kardinalsroten Saum, der Tag kündigt sich an.

Wir halten an der Tankstelle, wo ich seit Jahr und Tag meinen Diesel geholt habe, bevor ich ins Ungewisse aufbrach. Sie ist geschlossen. Kein Mensch weit und breit.

»Was ist los?« frage ich die Schweizer, »warum habt ihr geblinkt?«

»Kei Schprit«, sagt Räto verlegen, »hökschstens no für drissg Kilometer ...«

»Okay. Das ist Gottes Urteil«, sage ich. »Hier trennen sich unsere Wege. Die nächste Tankstelle ist in Siuna, das ist ca. 200 km entfernt. Guati Räis!«

Ich steige zu Amado in den Wagen, nachdem ich die Allrad-Verriegelungen an den Vorderrädern gelöst habe, und gebe Gas. Der Lulatsch von Kameramann taucht noch einmal in meinem Rückspiegel auf, wie er verzweifelt mit einer Kreditkarte hinter uns herwinkt.

Bis La Dalia geht die Straße einigermaßen, obwohl die Regengüsse auch hier tiefe Furchen in die Sandpiste gefräst haben. Verkehr ist so gut wie keiner, außer ein paar überladenen Karren, die von Mulis oder armseligen, dürren Pferdchen gezogen werden. Das Ortsschild ist – wie schon seit Jahren – von Einschüssen durchsiebt. Das Städtchen wacht gerade auf. La Dalia heißt, wie der sprachgewandte Leser sicher leicht erraten kann, die Dahlie. Nun ist die Dahlie eine schöne Herbstblume, von Dichtern oft besungen, und eine so poetische Ortsbezeichnung muß den Leser zwangsläufig auf eine falsche Fährte führen. La Dalia ist nämlich alles andere als eine duftende Blume, und wenn ich einen Namen aus der Botanik auszusuchen hätte, würde ich es am ehesten »hongo pestifero« nennen, den Stinkpilz. Die Leute von La Dalia mögen es mir verzeihen, aber meiner Ansicht nach wird es an Häßlichkeit nur von Waslala übertroffen, einem Ort in den Bergen, den manche Dichter als wahres Juwel lobpreisen, wahrscheinlich, weil sie noch nie dort waren.

Amado, der mein Gesicht sieht, sagt sofort: »Mir gefällt's hier. Dir etwa nicht?«

»Doch«, sage ich, »hier gibt es herrlichen Gallopinto, und ich habe einen Riesenhunger.«

In dem Lokal sitzen schon um diese Zeit viele Leute, im Ofen brennt ein Feuerchen, und auf den Herdlöchern brodelt es in mehreren großen Töpfen. Amado bestellt sich eine Hühnersuppe, ich bekomme aus einer großen schwarzen Pfanne meinen Gallopinto mit Pimienta, Tomaten und einem Spiegelei. Der Geruch des offenen Feuers vermischt sich angenehm mit den verschiedenen Düften der Küche. »Ich find's saugemütlich hier, auch wenn du La Dalia nicht leiden kannst«, sagt Amado schmatzend.

»Vorsicht mit deiner Suppe«, gebe ich zurück, »sie ist so fett, daß man meinen könnte, es handele sich um deine letzte Ölung.«

»Ich hab dir heut' schon einmal gesagt, daß du geschmacklos bist. Beim dritten Mal zahlst du einen Schnaps.«

Ich rufe die schwitzende Kellnerin und bestelle zwei Schnäpse.

»Besser gleich«, sage ich, »sonst kotzt du mir noch das ganze Auto voll.«

Er will gerade antworten, da setzt sich eine Nonne an unseren Tisch und löffelt schweigend einen Teller von der fetten Hühnersuppe. Amado schenkt ihr ein heiligschielendes Lächeln, aber sie reagiert nicht. Auf einmal schreit er: »Kopf runter!« und duckt sich auf die Tischplatte. Ich tue es ihm gleich, und den Kopf auf das Holz des Tisches gepreßt, flüstere ich: »Was ist denn?«

»Das Fernsehteam«, sagt er laut und richtet sich wieder auf. Ich sehe gerade noch den grünen Nissan am Ende der Straße um die Ecke biegen.

Die Nonne sieht uns befremdet an, steht auf und geht grußlos weg. Sie hält uns sicher für Verbrecher, die sich vor der Polizei in acht nehmen müssen. Aber als ich zahlen will, stellt sich heraus, daß die Schwester unsere Zeche mitgezahlt hat, inklusive der Schnäpse. Die Wirtin lächelt von ihrem heißen Herd herüber: »Macht euch nichts draus, sie gehört zum Orden der Barmherzigen Schwestern und arbeitet für die Caritas.«

Die weitere Fahrt verläuft schweigend, weil Luis Amado nach drei Kilometern einschläft. Die Buckelpiste ist früher einmal Militärstraße gewesen, jetzt ähnelt sie einem Bachbett im Hochgebirge, und es ist mir unerklärlich, wie Amado bei diesem Gerumpel schlafen kann.

Der Schönheit der Natur hat weder sandinistische noch konservative Politik etwas anhaben können. Obwohl die Spuren der Brandrodung überall sichtbar sind, schwarze Hänge und Bergkuppen, die aussehen wie zur Hinrichtung kahlgeschorene Delinquenten.

Die Bergketten stehen hintereinandergereiht, altmodische Theaterkulissen, vom Scheinwerfer der Morgensonne mit einem leuchtenden Rand versehen. Manche Bäume erscheinen wie kupferne Rittergestalten, und auf den bartbehangenen Ästen vereinzelter Urwaldriesen wuchern wilde Orchideen.

Ich fange laut zu singen an, was Amado zu einem entrüsteten »Silencio al Diavolo« veranlaßt, worauf er aber sofort wieder einschläft.

Gegen Mittag erreichen wir die Grenze zu Zelaya Norte, den Rio Yaosca, dessen Flußbett sich seit meiner letzten Überquerung verdoppelt hat, bestreut mit Felsbrocken und Baumleichen.

Direkt hinter der Furt, als noch das Wasser aus unserem Auto herausläuft, steht eine Quinta mit einer säulenbewehrten Pergola. Ich kenne das Haus, das früher hundert Meter vom Ufer entfernt war, sehr gut, weil ich dort einmal einen toten Milizionär herausgetragen habe, Ostern '86.

Wir legten ihn auf die Ladefläche unseres Pickups, seine Frau kletterte dazu, ein Baby im Arm, und auf der ganzen Fahrt bis Waslala lief sein Blut aus mehreren Einschußwunden auf die gewellte Bodenplatte des Laderaums, bis alle Mitfahrenden bis zu den Knöcheln im Blut standen.

Jetzt wird die Tür der Quinta aufgerissen. Ein alter Mann kommt herausgestürzt, eine noch ältere Flinte im Anschlag. Er sagt nichts, wedelt nur mit dem Gewehrlauf wie ein Verkehrspolizist mit der Kelle, bedeutet uns, daß wir schleunigst verschwinden sollen.

Amado reißt zwischen zwei Schnarchern die Augen auf, stemmt sich auf seinem Sitz hoch, murmelt schlaftrunken etwas von marodierenden Banden und schläft auf der Stelle wieder ein.

Wir kommen nach Posolera.

Hinter einer Wegbiegung taucht das Dorf auf, von Sekundärvegetation überwuchert. Nur der häßliche Kirchturm ragt aus dem üppigen Grün. Wenn jetzt noch die Glocke läuten würde, die der berühmte Grassmayr in Innsbruck gegossen hat, es wäre wie die kitschige Szene in einem Heimatfilm, wenn der verlorene Sohn nach Hause kommt.

»Du wirst doch nicht etwa heulen«, sagt Amado, ohne die Straße aus den Augen zu lassen. »Das fehlte mir gerade noch! Ich hätte nie gedacht ...« Er unterbricht sich und schreit: »Halt an!«

Eine schwarze Katze hat, von links kommend, unseren Weg gekreuzt. Ich bleibe stehen. Ich schaue zu Amado. Plötzlich sehe ich meinen Großvater vor mir, wie er kopfschüttelnd und fluchend nach Hause kam, das Jagdgewehr an den Haken hängte und eine Viertelstunde über die verdammte Katze lamentierte, die sein ganzes »Weidmannsheil« in Sekunden zunichte gemacht hatte.

Ein Gelächter steigt in mir auf, wie ein zu früh einsetzender Orgasmus, den man nicht zurückhalten kann; es bricht aus mir heraus, wie die Lava eines Vulkans, schmerzhaft mich schüttelnd, und gleichzeitig stürzen Tränenbäche salzig über meine Wangen.

Amado sieht mich erschrocken an. Dann steigt er umständlich aus, lockt die Katze mit süßlicher Stimme, und da sie nur dasitzt und ihn verwirrt anstiert, jagt er sie, seinen Hut schwenkend, über die Straße zurück.

Als er wieder eingestiegen ist, sage ich, heiser vom Lachen: »Entschuldige, du sahst plötzlich aus wie mein Großvater, und ich war auf einmal wieder sechs Jahre alt …«

»Du brauchst nichts zu erklären«, unterbricht er mich, »jetzt fahren wir zu deinen Leuten.«

Wenn ich früher nach Posolera kam, winkten die Dörfler aus allen Häusern, die Kinder kamen gelaufen, und Don Mercedes bot mir eine Zigarette an, als wäre ich nie weggewesen.

Heute geschieht nichts von alledem. Niemand winkt, kleine Kinder laufen schreiend davon, Hunde fangen wütend an zu bellen. Die wenigen Gestalten, die ich vom Auto aus sehen kann, sind mir fremd. Keines der Gesichter weckt auch nur den Hauch eines Wiedererkennens. Ich parke den Jeep am Straßenrand, wo auf der rechten Seite ein modernes, längliches Schulgebäude zu erkennen ist, in einem leuchtend giftigen Grün gestrichen, zu dessen Gebrauch nur Latinos den Mut haben.

Mehrere Kinder kommen gelaufen und bieten »Gaseosas« an. Ich nenne die Namen verschiedener Personen und frage, wo ich sie finden könne. Kopfschütteln. Sie tuscheln miteinander.

»Die gibt's hier nicht«, sagt der älteste Junge.

»Don Mercedes?« frage ich ratlos.

»Wohnt dort oben am Berg. Kommt nur selten ins Dorf.« Er macht eine vage Handbewegung in Richtung eines bewaldeten Bergkopfes, der den Milizionären öfter als Zielscheibe für Fernschüsse mit Leuchtspurmunition gedient hatte.

»Vielleicht haben wir das falsche Dorf erwischt«, sagt Amado, während er seinen Leinensack aus dem Auto angelt.

Wir steigen langsam, einem Trampelpfad folgend, zu der Kirche empor. Die Häuser, eigentlich Holzhütten, die wir hier einmal gebaut hatten, verstecken sich hinter üppiger Vegetation, so daß man ihre Schäbigkeit nicht erkennen kann, vor allem nicht die Schäden, die ihnen die Zeit zugefügt hat.

Ein chancho kommt uns entgegen, eine ziemlich wohlgenährte Muttersau mit ihren Frischlingen. Sie macht nicht die geringsten Anstalten, den Weg freizugeben. Also müssen wir ins Gebüsch ausweichen und stehen schließlich vor der Kapelle, weiß und blau gestrichen, in gutem Zustand.

Ich werfe einen verstohlenen Blick zum Glokkenturm hinauf. Die Grassmayr-Glocke »La Voz de la Paz« hängt noch da.

Wir steigen weiter den Hang hinauf, Hähne krähen, wie sie das in diesem Dorf schon immer rund um die Uhr getan haben. Die Hitze des Tages hat noch nicht eingesetzt, daher schweigen die Zikaden, und man hört in der Stille nur unser angestrengtes Atmen.

Wir erreichen die Schule, die ich mit meinem Freund Tom gebaut habe. Sie liegt verwaist, alle Türen geschlossen. Während wir verschnaufen, zeige ich Amado den Holzbalken, wo ich damals meinen Namen und die Jahreszahl 1986 eingeritzt habe.

»Glaubst du jetzt, daß wir im richtigen Dorf

sind?« frage ich keuchend. Amado setzt sich auf einen Vorsprung des Fundaments der Schule, stellt den Sack, den er mitgebracht hat, zwischen seine Knie und schnürt ihn auf.

Ich gehe um die Schule herum und suche die Erinnerungstafel mit den Namen der Gefallenen. Sie ist verschwunden.

Ich setze mich etwas abseits auf einen Baumstumpf und schaue auf die kulissenhaften Bergketten in der Ferne. Im Unterbewußtsein habe ich die Hoffnung, weinen zu können, aber die Tränen kommen nicht. Mein Blick ist leer, die Landschaft, die ich so liebte, ist leer, mein Herz ist wie versteinert. Ich spüre eine Berührung am Knie. Es ist Bismarck, der schwarzweiß gefleckte Hund, den die Dorfbewohner nach mir benannt hatten, und weil sie meinen Namen nicht aussprechen konnten, hieß er eben Bismarck. Er ist ganz mager geworden, von Ekzemen übersät. Ich versuche ihn zu streicheln, aber es tut ihm weh, und er läuft jaulend davon.

Ich habe in meinem Leben einige Waterloos erlebt, ein ständiges Auf und Ab wie eine Fieberkurve, jetzt ist der endgültige Tiefpunkt erreicht. Ein Stück meines Lebens ist mir abhanden gekommen.

Amado winkt mit einer Weinflasche und mit etwas Undefinierbarem, das er zwischen Daumen und Zeigefinger hält.

»Iguana«, ruft er herüber, »magst du?« Ich schüttele den Kopf.

»Ich habe keinen Hunger, Amado«, sage ich mühsam, »laß mich ein bißchen in Ruhe.«

Was ist geschehen?

Wo sind sie alle hin, die ich kannte?

Hat sie eine Seuche hinweggerafft, sind sie vertrieben worden von einem »Latifundista«, dem das Land früher einmal gehört hatte?

Mir fällt ein Brief von Gisi ein, meiner langjährigen Mitarbeiterin, in dem sie mir prophezeite, daß alles auseinanderbrechen würde.

Die Leute werden alles verkaufen, wenn die Gesetze es zulassen. Sie werden ihre paar Sachen pakken und verschwinden, irgendwohin, wo sie glauben, ein leichtes, besseres Leben zu finden, wahrscheinlich in die Hauptstadt. Dort werden sie in Pappschachteln und Dosenblech-Hütten in übelriechenden Slums dahinvegetieren. Sie lieben dein Dorf nicht. Der einzige, der es liebt, bist du.

Ohnmächtiger Zorn steigt in mir auf, und mit dem Zorn kommen die Tränen, und ich sehe die Berge am Horizont durch einen sonnenfunkelnden Schleier.

Jemand hält mir die Hand hin. Er steht im Gegenlicht, schwarz gegen die Sonne, und ich erkenne ihn nicht gleich.

»Ich bin's«, sagt er leise, »José Elias.«

Er zieht mich von meinem Baumstumpf hoch, und wir umarmen uns. Ich lege meinen Kopf an seine Schulter, die bei dem Angriff '86 grausam verstümmelt worden ist, und weine wie ein Kind.

Er klopft mir beruhigend den Rücken, als wollte er sagen: »guter Hund, guter Hund«, und als ich mich endlich von ihm löse, sehe ich sein entschuldigendes, verlegenes Lächeln und habe seinen Geruch in der Nase, diesen unverwechselbar-anheimelnden Geruch der Bergbauern, ein Gemisch aus Leder,

Schweiß, frisch gemähtem Gras und Kautabak, das mich in meiner Kindheit begleitet hatte. »Was ist geschehen?« frage ich ihn und kann den Blick nicht von seinem ausgemergelten Gesicht lassen, das noch immer lächelt.

»Was ist mit euch geschehen?«

Er wird ernst. Erst jetzt bemerke ich, daß er ein kleines Mädchen an der Hand hält.

»Ana-Maria«, sagt er, als er meinen Blick bemerkt, »meine Kleinste. Wir sind jetzt acht.«

Ich streiche der Kleinen über die pechschwarzen, glatten Haare. Sie schaut etwas ängstlich aus ihren großen Kirschenaugen und drückt sich fester an das Knie ihres Padrito.

Wir setzen uns auf den Baumstumpf. Er läßt Ana-Maria auf seinem rechten Oberschenkel sitzen. Während er spricht, streichelt er unentwegt über ihr Köpfchen, und nach einer Weile drückt sie sich an seine Brust und schläft ein.

»Wir hatten tausend Manzanas Land, wie du weißt«, beginnt er. »Das ist ein ganzer Haufen Land – und eigentlich waren wir reich. Aber wir konnten es nicht. Wir konnten nicht damit umgehen. Sechshundert Leute in einer Kooperative, das ist zuviel. Keiner verstand was von Buchhaltung, dauernd war das Geld verschwunden, das wir erwirtschaftet hatten. Die Lastwagen, die du gebracht hattest, sind verrottet. Der Ertrag aus dem ›Cafetal‹ wurde von Jahr zu Jahr geringer, eine Katastrophe. Nach der Wende wurde das Land der Kooperative parzelliert, jeder bekam einen Brocken, die ersten fingen an zu verkaufen. Jetzt ist alles privatisiert, deine Schule, der Kindergarten, die Krankenstation, das Lagerhaus, nur an die Kirche hat sich noch keiner getraut …«

»Wo sind die Zuckermühle und das Beneficio de Café?« unterbreche ich ihn.

»Verkauft und abmontiert, von einem Tag auf den anderen. Die Kaffeeplantage hat sich ein reicher Cafétalero unter den Nagel gerissen, alle größeren Einnahmequellen sind weg. Jetzt bauen wir Bohnen an und Kartoffeln zum Eigenbedarf, ein paar Hühner haben wir und zwei Schweine, das ist alles.

Von allen, die du gekannt hast, sind noch zwei Familien hier, meine und die von Mauricio, im ganzen sechzehn Personen. Es sind neue Leute zugezogen, alles in allem vielleicht zwanzig Familien.

Niemand kümmert sich um die alten Gräber, die langsam von Unkraut überwuchert werden. Das Gedenken an unsere Gefallenen ist unerwünscht, die Vergangenheit ausgelöscht.

Neo-liberalismo nennen sie das oder capitalismo puro – ich weiß nicht genau. Und wenn du sagst, du bist Sandinist, schauen sie dich an wie eine Erscheinung.«

»Und Don Mercedes, dein Onkel?« frage ich und deute auf den Berg, wo er wohnen soll.

»Er gibt mir manchmal ein bißchen Geld; hat einen Job in Waslala, aber sehen tu' ich ihn fast nie – er hat sich wie eine Schnecke in sein Gehäuse zurückgezogen.«

Wir rauchen schweigend eine Belmont-Zigarette. Das Kind ist aufgewacht und hat angefangen zu weinen.

Amado ruft herüber, daß wir aufbrechen müssen: »Wenn wir vor Einbruch der Dunkelheit in La Dalia sein wollen, wird's höchste Zeit.«

Er schnürt seinen Leinensack zu und beginnt den Abstieg.

Zwei Minuten später stehen wir vor der Kirche. Ich würde gern einen Blick hineinwerfen, rüttle an der Tür – aber sie ist verschlossen.

»Warte«, sagt José Elias und fingert einen großen Schlüssel aus der Tasche, »ich sperr dir auf ...« Und dann fügt er hinzu: »Ich bin nämlich für die Capilla verantwortlich.«

Die Tür quietscht in den Angeln, Staubkaskaden steigen hoch und schweben über dem Lichtviereck, das die Nachmittagssonne auf den Fußboden wirft.

Der Altar im Halbdunkel. Der heidnische Herrgott, den mein alter Freund Hans am Irrsee geschnitzt hat, leuchtet weiß zwischen Papierblumen.

»Könntest du das Licht anmachen? Ich hätte gern, daß mein Freund Amado die Kirche sieht.«

»Es geht nicht«, flüstert er mir ins Ohr, »wir haben den Strom seit anderthalb Jahren nicht mehr bezahlt ...«

Ich gehe durch den Staubnebel, vom Sonneneinfall, der durch die Fenster kommt, durch schräge Lichtschranken durchbrochen. Ich nehme einen Speckstein aus der Tasche, den ich seit Jahren als Handschmeichler mit mir herumtrage, und lege ihn auf den Querbalken des Kreuzes.

»Jetzt mach schon!« zischt Amado, an den Türrahmen gelehnt, »wir kommen garantiert in die Nacht.«

Als ich aus der Kirche trete, blendet mich das Tageslicht. José Elias und das kleine Mädchen sind verschwunden.

Ich nehme eine harte Frucht vom Boden auf und schleudere sie gegen die Glocke im Gebälk des Kirchturms. Die Glocke schlägt leicht an mit einem sanften, sirrenden Ton. Wir rennen zum Auto, und zwanzig Minuten später nähern wir uns dem Rio Yaosca.

Als in der Ferne die säulenbewehrte Quinta auftaucht, fällt ein Schuß. Ich halte das Fahrzeug an, schalte den Motor aus. Ein zweiter Schuß, überlaut in der Stille.

Amado fingert rückwärts an seinem Hosenbund herum und bringt seinen Polizeirevolver zum Vorschein, den er behutsam im Handschuhfach verstaut.

»Ich glaube, du hast sie nicht mehr alle«, flüstere ich. »Wenn die uns überfallen wollen, werden es viele sein, und dann hast du mit dem Ding keine Chance.«

»Ich sehe, daß du Angst hast«, gibt er halblaut zurück, »das ist gut, dann haben wir auf jeden Fall die Chance, daß du keinen Blödsinn machst.«

Er schaut auf die Uhr und sagt grinsend, während er sich eine Zigarette anzündet: »Vielleicht waren es Jäger. Du mußt nicht immer den Teufel an die Wand malen. Also fahr schon, oder willst du hier übernachten?«

Ich lege den Gang ein, löse die Handbremse und starte den Motor. Ich gebe so viel Gas, daß die Hinterräder durchdrehen, dann schießt der Jeep mit einem Satz nach vorn, und wir rasen auf das Ufer des Yaosca zu. Keine Menschenseele ist zu sehen. Die Quinta am Ufer liegt ruhig da, aber als wir uns auf zwanzig Meter genähert haben, sehe ich eine Gestalt auf den Stufen liegen. Mir ist sofort klar, daß es der alte Mann von heute mittag ist, der so mit seiner Flinte herumgefuchtelt hat. Blut läuft über seine Stirn, seine Beine sind unnatürlich verrenkt. Unser Fahrzeug schießt auf den Uferrand zu, wo die Piste über eine steile Böschung in die Furt mündet. Ich mache eine Schnellbremsung. Der Jeep kommt in einer Staubwolke zum Stehen. Ich lege den niedrigsten Geländegang ein und fahre auf die Kante zu. Vor uns gähnt ein vier Meter tiefer Abgrund. Ich setze zurück.

»Dort!« schreit Amado und deutet auf eine zweite Furt weiter flußaufwärts.

In diesem Moment sehe ich die Gewehrläufe. Eine Horde von abenteuerlich maskierten Männern hat uns umstellt.

»Get out«, brüllt einer, »get out!«

Wir öffnen gleichzeitig die Türen, steigen vorsichtig aus. Ich hebe die Hände hoch und komme mir unheimlich läppisch vor, Statist in einem amerikanischen C-picture.

»Manos arriba«, brüllt die Stimme von vorhin, und jetzt reißt auch Amado verdattert die Hände hoch.

Die Männer kommen langsam auf uns zu, acht sind es. Sie tragen Strumpfmasken, verschlissene Kampfanzüge, die Waffen, die sie auf uns gerichtet haben, sind A.K. 47, Kalaschnikows aus der verblichenen Sowjetunion.

»Macht keinen Quatsch«, sagt die unangenehme Kommandostimme, »wir schießen sofort.«

Jetzt spüre ich einen kalten Gewehrlauf im Genick und sehe aus den Augenwinkeln das erschrokkene Gesicht von Amado, der die Mündung einer Kalaschnikow an der Schläfe hat.

Sie fesseln uns mit einer Hanfschnur die Hände auf den Rücken und verbinden uns die Augen. Was jetzt kommt, ist ein schlechtes Hörspiel mit Spezialeffekten.

Die Türen unseres Jeeps werden zugeschlagen, »uno, dos, tres«, zählt eine Stimme, eine Sekunde Pause, dann schlägt das Fahrzeug mit Donnergetöse auf dem Grund des Flußbettes auf; ein ächzendes Stöhnen und Splittern. Der Jeep hat meiner Einschätzung nach einen Salto vorwärts gemacht und liegt jetzt auf dem Dach in der Strömung.

Ein vielstimmiges Geschrei, wie bei einem Fußballtor, ertönt. »Die Stimme« brüllt: »Silencio, hijos de puta!«

Ein kleines Gelächter, dann Totenstille.

Mir wird eine Drahtschlinge um den Hals gelegt, ich werde wie ein Kalb über steinigen Boden gezerrt, bin dem Viehtreiber nicht schnell genug. Der Draht schneidet schmerzhaft in meinen Hals.

Ich höre Amado leise fluchen, ein klatschender Schlag, Stille.

Jetzt ist nur noch unser keuchender Atem zu hören, und ich spüre die ersten Moskitostiche.

»Geht doch zu Amado«, denke ich, »oder zu diesen verschwitzten Marodeuren …«

Eine Weile geht es den Fluß entlang. Ich kann das Rauschen des Wassers hören, dann werde ich einen steilen Abhang hochgezerrt, das Rauschen wird leiser, verebbt.

Was habe ich für Schuhe an, versuche ich mich zu erinnern, diese ausgelatschten Adidas-Schuhe, die aussehen wie Boxerstiefel? Ich weiß es nicht mehr genau. Ich versuche, mich auf die Füße zu konzentrieren, habe ganz guten Halt beim Klettern; gute Profile an den Sohlen also, gracias a dios. Mein Hemd ist bereits schweißdurchtränkt, neben mir höre ich das Keuchen meines Treibers, unterbrochen von gelegentlichen unterdrückten Flüchen.

Dann plötzlich ein Halt.

Meiner Einschätzung nach sind seit dem Hold-up zwei Stunden vergangen.

Ich höre gedämpftes Reden. Mein Begleiter läßt den Draht los, was ich als Erleichterung an meinem aufgescheuerten Hals empfinde, drückt mich auf den Boden. Kurze Zeit danach wird ein Körper unsanft gegen meinen gestoßen, jemand sitzt hautnah neben mir.

»Bist du's, Amado?« frage ich leise.

»Ja«, flüstert er zurück, und damit es ja keinen Zweifel gibt, verpaßt er mir einen aufmunternden Stoß mit der Schulter.

»Vorläufig werden sie uns nicht umbringen«, sagt er kaum hörbar, »wir sind ja nur was wert, solange wir leben.«

»Wer wird schon was für uns beide bezahlen?« frage ich, »deine Regierung vielleicht, oder meine? Das halt' ich für ein Gerücht …«

Ich bewege meine schmerzenden Füße in den Boxerschuhen. Hals, Gesicht und Handgelenke sind von Moskitos zerstochen, die Kehle ausgetrocknet.

»Ein Bier wär' jetzt gut«, sagt Amado. Schweigen.

Dumpfe Schritte auf Waldboden sind zu hören, Rascheln im Unterholz, abbrechende Äste. Dann ein leises Prasseln, und der Geruch von brennendem Holz steigt mir in die Nase. Ich werde unsanft vom Boden hochgerissen, grobe Finger nehmen mir die Augenbinde ab.

In einiger Entfernung brennt ein kleines Feuer, die Männer sitzen kauend drumherum, lassen eine Feldflasche kreisen. Sie haben die Strumpfmasken abgenommen, aber ihre Gesichter sind geschwärzt, wie die jener fotogenen Vietnam-Kämpfer in sogenannten Anti-Kriegsfilmen. Eine junge Frau ist darunter, sie raucht eine Zigarette. Mit ihrem schwarzen Gesicht sieht sie aus wie ein kleiner Krampus, jener Begleiter des heiligen Nikolaus, der unartige Kinder erschrecken soll.

Unser Aufpasser schiebt uns in Richtung Feuer, wo wir uns mangels hilfreicher Hände ziemlich unbeholfen zuerst in eine Art Klostellung begeben und dann auf den Allerwertesten niederplumpsen lassen.

Der Krampus lacht. Ein großer Mann, offenbar der Anführer, wirft ihr einen wütenden Blick zu.

Jetzt sitzen wir also in einer Runde von acht Krampusen, in der Schweiz herzigerweise Schmutzli genannt, die sich alle bemühen, furchterregende Gesichter zu machen.

Der Oberschmutzli stochert mit einem Ast im Feuer herum, dem Aufpasser wird die Feldflasche zugeworfen, und er gibt uns beiden von dem lauwarmen Wasser zu trinken.

Amado verschluckt sich, bekommt einen erstikkungsähnlichen Hustenanfall. Der Aufpasser klopft ihm gutmütig den Rücken.

»Was habt ihr mit uns vor?« frage ich. »Wir wüßten gerne, woran wir mit euch sind.«

Lähmende Stille.

Dann beginnt der Anführer leise zu sprechen; nichts erinnert an seine barsche Kommandostimme vom Nachmittag: »Ihr seid unsere Gefangenen. Geiseln, wenn ihr so wollt. Wir werden für eure Freilassung einen Haufen Geld erpressen.«

Pause.

»Wir haben gerade La Prensa und Nuevo Diario per Funk mitgeteilt, daß ihr in unserer Gewalt seid.«

»Wie hoch ist eure Lösegeldforderung?« frage ich.

»Eine Million, Dollar natürlich.«

Amado kriegt einen Lachanfall. »Und wer soll das bezahlen? Ich bin Polizeibeamter, und der da war schon mein Gefangener, bevor ihr ihn gefangen habt. Wir sind keinen Pfifferling wert.«

»Das ist schlecht für euch, aber ich weiß, daß du lügst. Wir haben genaue Informationen, daß der Chele da stinkreich ist. Die Deutschen werden jede Summe für ihn bezahlen.«

»Die Deutschen werden einen Dreck tun«, sage ich wütend, »ich bin nämlich Österreicher.«

»Österreicher oder Deutscher«, antwortet er ruhig, »das ist doch gehupft wie gesprungen. Alle stinken vor Geld. Meinst du, ich weiß nicht, was deine protzige Casa in Granada gekostet hat? Millionen!«

Er stochert wieder im Feuer und spuckt einen dünnen Strahl in die Glut, es zischt kurz auf.

»Die Casa habe ich der Stadt Granada geschenkt, wenn du schon so neunmalschlau bist. Und Granada steckt bis über den Hals in Schulden.«

»Tja«, sagt er, immer noch ganz ruhig, »dann werdet ihr sterben.«

Die Nacht hat dem Wald eine tiefschwarze Glocke übergestülpt. Nur das Feuer glimmt wie ein böses, rotes Auge. Die schwarzen Gestalten sind immer mehr mit der Dunkelheit verschwommen, haben sich auf einer Decke zusammengerollt und sind eingeschlafen.

Nur der Aufpasser bleibt wach, füttert das Feuer mit trockenen Holzstücken und achtet darauf, daß die Flammen nicht zu hoch schlagen.

»Das hier ist wie einer von deinen Filmen, die du mir immer erzählt hast, aber bei weitem der schlechteste«, murmelt Amado und läßt sich auf den Rükken fallen. Die ersten Moskitos beginnen ihr blutdürstiges Werk.

»Weißt du, wie der Film heißt, der gerade anfängt? ›Die Nacht der Vampire‹«, sage ich genervt, lasse mich zur Seite rollen und versuche, einzuschlafen. Es gelingt mir erst, als die Sonne gerade wieder aufgeht.

Ich habe einen Traum. Zwei Männer in völlig zerfetzten Klamotten rennen aneinandergekettet durch den Urwald. Während sie sich durch dorniges Gestrüpp kämpfen, fallen Moskitoschwärme über sie her. Darüber erscheinen Filmtitel mit entsprechend reißerischer Musik:

FLUCHT IN KETTEN
mit
Abbott und Costello

Ein Fußtritt gegen die Rippen weckt mich auf.

»Es geht weiter«, sagt eine barsche Stimme, und ich füge hinzu: »Demnächst in diesem Theater ...«

Der Aufpasser starrt mich verständnislos an, schüttelt den Kopf und schneidet meine Handfesseln auf.

»Und wie ist deine beschissene Novela zu Ende gegangen?« fragt Amado mit schwerer Zunge, während wir auf der Terrasse des »Selva Negra«-Hotels sitzen und auf den kleinen See schauen, wo exotische Enten ihre Bahn ziehen.

»Das Lösegeld wurde bezahlt«, sage ich lapidar und bestelle bei der vollbusigen Kellnerin eine Flasche Flor-de-caña-Rum.

»Sonst hast du besoffen immer die besten Filme erfunden, aber das hier ist einfach gar nichts, cineastischer Dünnschiß.«

Ich nehme einen tiefen Schluck aus dem papierserviettenumwickelten Glas, spüre, wie der Rum sich seinen Weg durch die Speiseröhre bahnt und im Magen wohltuende Wärme verbreitet. »Also gut«, sage ich, »du hast es nicht anders gewollt, du kennst den Film, weil du selbst Hauptdarsteller warst und jeden Kader miterlebt hast, und es besteht kein Zweifel, daß du dich tödlich langweilen wirst.«

»Überhaupt nicht wahr«, sagt Amado. »Ich weiß genau, daß du so schamlos übertreibst, daß es doch wieder spannend wird. Also los! Nach den Titeln, wenn ich bitten darf, Titel langweilen mich …«

»Jetzt hatte ich so einen schönen Anfang, aber durch dein Gequatsche habe ich völlig den Faden verloren …«

Ich fange an zu erzählen:

»Eine endlose Straße, die sich am Horizont verliert, darauf eine schwarze Limousine mit Staatswappen. In dem klimatisierten Fahrzeug sitzen zwei distinguierte Herren, ein hoher Polizeifunktionär und der Präsident einer großen Hilfsorganisation. Sie haben Laptops auf den Knien, die sie meisterhaft bearbeiten, obwohl beide Sonnenbrillen auf der Nase haben …«

»Der Chauffeur trägt eine dunkelblaue Uniform mit Tellerkappe«, fügt Amado ein.

»Meinetwegen«, sage ich, »der Chauffeur ist total unwichtig.«

»Bin schon gespannt, wie du den loswirst«, kichert Amado und trinkt aus meinem Glas, weil seines leer ist.

»Das Fahrzeug nähert sich einer im Sonnenlicht gleißenden Stahlbrücke, vor der sich die Fahrbahn verengt. Der Chauffeur tritt auf die Bremse, die Reifen quietschen.«

»Das erinnert mich an ›French connection‹ mit Gene Hackman …« unterbricht Amado begeistert.

»Schnauze!« sage ich. »Die Zuschauer werden

schon unruhig von deinen dauernden Unterbrechungen.«

Die Reifen quietschen, im selben Augenblick stürzt ein Urwaldriese mit lautem Krachen auf die Fahrbahn. Die Limousine rast in den umgestürzten Baum, die Frontscheibe zersplittert. Der Chauffeur sackt über seinem Volant zusammen. Er ist tot.

»Genial«, flüstert Amado.

Schwarz maskierte, schwerbewaffnete Männer umstellen das Autowrack. Die beiden Insassen steigen (seltsam, aber so will es das Drehbuch) unverletzt aus. Sie werden mit Ketten aneinandergefesselt und mit verbundenen Augen weggeführt, wozu eine wehleidige Melodie von Morricone erklingt. Schnitt.

Jetzt folgen mehr oder weniger spannende Passagen, wie die zwei durch den Urwald getrieben werden. Ihre Gesichter – wir haben den berühmten William Tuttle als Maskenbildner – sind von schweren Mißhandlungen gezeichnet. Ihre Kleidung ist zerfetzt, ebenso das ehemals elegante Schuhwerk.

In einer weiteren Sequenz sind ihre Gesichter geschwärzt, die Füße – Großaufnahme – mit blutdurchtränkten Lappen umwickelt, die Handgelenke von der Kette wundgescheuert.

Jetzt folgt eine Schnittmontage von Titelseiten großer Zeitungen mit schlechten Abbildungen der beiden. Tenor der Schlagzeilen:

Hoher Polizeifunktionär und prominenter Entwicklungshelfer entführt. Lösegeld zehn Millionen Dollar.

Auf einem Polizeimonitor sieht man eine Landkarte, auf der der jeweilige Standort der Entführten durch einen wandernden Leuchtpunkt gekennzeichnet ist, da der Polizeimensch einen kleinen Sender im Absatz seines linken Schuhs hat. Die Gruppe mit den Entführten bewegt sich offenbar ständig im Kreis. Die Entführer werden von Szene zu Szene immer netter zu ihren Opfern.

Die Marodeurin, gespielt von Jodie Foster, flirtet unverhohlen mit dem Polizeifunktionär, per Funk kommt die Nachricht, daß das Lösegeld bei der Redaktion von »La Prensa« deponiert worden ist.

Jetzt kommen zwei Szenen von verpatzten Lösegeldübergaben, die ich übergehe, weil man sie schon so oft im Kino gesehen hat.

Beim dritten Versuch gelingt es.

Aus einem Polizeihubschrauber wird das Lösegeld in einer Louis-Vuitton-Tasche – man erkennt das product-placement – zu einem privaten, knallgelben Helikopter heruntergelassen. Jodie Foster, die das Oberhaupt der Entführerbande ist, nimmt die Tasche in Empfang. Schnitt.

Ein großes Freudenfest im Wald. Musik von Morricone, stark Salsa-beeinflußt; die Bande ist vollkommen besoffen.

Der Polizeifunktionär, gespielt von Al Pacino, kopuliert ekstatisch mit der Bandenchefin – dazwischengeschnitten Rosalía, weinend, umgeben von ihrer ebenfalls weinenden Kinderschar. Und jetzt, die Schlußmusik kündigt sich bereits triumphierend an, schleicht der große Entwicklungshelfer im allgemeinen Festrausch unbemerkt zur Luis-Vuitton-Tasche, schnappt sie sich und macht sich auf leisen Sohlen davon.

In La Dalia trifft er in dem bekannten Frühstückslokal die heilige Mutter von den Barmherzigen Schwestern. Sie sitzt genau an dem gleichen Tisch wie beim letzten Mal – sie wird übrigens gespielt von Marianne Sägebrecht – und löffelt ihre fette Hühnersuppe. Sie schaut nicht einmal auf, als Nick Nolte, der den Entwicklungsmenschen spielt, hereinkommt.

Er stellt die Luis-Vuitton-Tasche wortlos neben sie und bestellt sich, wie beim letzten Mal, einen Schnaps, den er elegant hinunterkippt.

»Du bist eingeladen«, sagt die Barmherzige Schwester. »Ich hab' ja jetzt meine Kohle wieder.«

In der Fettschicht der Hühnersuppe spiegelt sich Marianne Sägebrechts gütiges Gesicht. Das mußten wir vierunddreißigmal drehen, weil mir ihr Ausdruck immer noch nicht gütig genug war. Schließlich löst sich das Bild auf, als Marianne mit dem Löffel in die Suppe fährt.

Über die sandige Dorfstraße sehen wir Nick Nolte davonschreiten, der Sonne entgegen. Morricones Musik steigert sich zur Schlußapotheose, da springt Nick Nolte plötzlich in den Straßengraben und duckt sich hinter einem Stein.

In dem polizeigrünen Nissan kommt das Schweizer Fernsehteam angefahren. Morricones Musik vermischt sich mit Älplerklängen. Die Kamera schwenkt auf das zerschossene Ortsschild von La Dalia, auf dem jetzt aber ENDE zu lesen ist.

Amado sieht mich aus rot umränderten Augen an. Seine Haut hat eine ganze Reihe von Sonnenbränden überstanden und sieht fleckig aus.

»In Wirklichkeit war es gar nicht so lustig«, sagt er, »aber dein erzählerisches Talent haut mich immer wieder vom Hocker.«

Er bückt sich unter den Tisch, wo er seine malträtierten Füße in einer Emailschüssel mit kaltem Wasser stehen hat.

»Daß sie immer freundlicher wurden, das stimmt«, sagt er, »aber das mit Jodie Foster ist erstunken und erlogen. Ich glaube, daß die Gangster uns irgendwie ins Herz geschlossen haben, von Lagerfeuer zu Lagerfeuer immer mehr. Und als sie gemerkt haben, daß trotz der Zeitungsente niemand auch nur einen Centavo für uns zahlen wollte, haben sie uns laufenlassen. Können wir denn die Zeche bezahlen?« fragt er, während er den Rest der vierten Flor-de-caña-Flasche überraschend gekonnt in sein Glas gießt.

»Ich habe mit Maximilian in der Casa telefoniert«, sage ich mit etwas Mühe, »er kommt uns abholen, er bringt das Geld mit.«

»Dann können wir ja noch ein Fläschchen bestellen«, lallt er, aber als die freundliche Kellnerin mit der gewaltigen Oberweite an den Tisch tritt, ist er eingeschlafen.

Die folgenden Tage waren überhaupt nicht lustig.

Rosalía, die mit ihren Kindern in das Haus in Malacatoya zurückgekehrt war, machte uns beiden einen Riesenkrach, beschimpfte uns als die größten Idioten, die ihr jemals begegnet seien. Aus der ganzen Welt waren Sensationsjournalisten angereist, sogar einer von der englischen »Sun«, die über unsere Entführung berichten wollten.

Es gab eine Presseerklärung in Managua. Ein österreichischer Journalist von »News« brachte das Gerücht auf, wir hätten die ganze Entführung nur vorgetäuscht, um uns wichtig zu machen. Amado zog die Schuhe aus und zeigte wortlos auf seine Füße, die wie formlose Fleischklumpen aussahen, aber es half nichts. Man brandmarkte uns als pressegeile Betrüger.

Eine spitznasige Dame der Monatsschrift »Emma« insistierte, daß wir homosexuell seien, und fragte, wie wir uns denn die Zukunft von Amados Kindern vorstellten.

Ein Reporter der »Prensa« argwöhnte, wir hätten das Ganze nur inszeniert, um im Auftrag der sandinistischen F.S.L.N. die liberale Regierung Nicaraguas in Mißkredit zu bringen.

Wir konnten uns nirgends mehr sehen lassen, ohne daß die Leute mit Fingern auf uns zeigten und in höhnisches Gelächter ausbrachen.

Amado hatte ein Dienstaufsichtsverfahren am Hals, weil er den Verlust seines Polizeirevolvers nicht stichhaltig erklären konnte. Der Vermieter des Geländewagens verlangte Schadenersatz.

Ich sagte zu Amado, in Marianos Café in der Casa sitzend: »Wir müssen unsere Identität ändern.«

»Was meinst du damit?« fragte er ratlos.

»Wir müssen jemand anderer werden, du zum Beispiel Speedy Gonzales und ich Konrad Waldheim.«

»Aber wie macht man das?« fragte er wie ein genervtes Kind.

»Das weiß ich auch nicht«, sagte ich, am Rande meiner Belastbarkeit angekommen.

Wir verbrachten die Nacht im Gefängnis, obwohl das Bett keine Matratze hatte und die Zelle keine Tür.

Aber am nächsten Morgen kam Maximilian zu Besuch, und seine Adlernase zitterte in freudiger Erregung.

»Ich bringe gute Nachricht«, sagte er mit dem vertrackten Optimismus, den Überbringer guter Nachrichten an sich haben.

»Per e-Mail ist die Information gekommen, daß deine Unfallversicherung mit Prämienrückgewähr ausgezahlt wird. Es sind einhundertsiebzehntausendfünfhundert Mark, die sie dir überweisen, wohin du willst«, sagte er triumphierend zu mir. »Damit kannst du dir und Amado sicher neue Papiere beschaffen.« Er klopfte mir auf die Schulter.

Ich sagte unter Freudentränen: »Ich hatte schon befürchtet, du bringst mir den verdammten Vogel wieder, deine Teresita.«

»Ach, noch was«, fügte er routinemäßig hinzu, »wenn du was nach Österreich schicken willst, sie tun's in die Diplomatenpost.«

So schickte ich mein Manuskript heimlich nach Hause, soweit es bis jetzt fertig war.

Postwendend kam die Nachricht von einem europäischen Verlag, daß sie mir als »pay-out« fünfzigtausend Dollar bezahlen, wenn das Buch bis zum 1. April fertig ist.

Ich e-mailte zurück: »De acuerdo«, was sie in der guten alten Heimat von einem staatlich zugelassenen Dolmetscher übersetzen und von einem Notar beglaubigen ließen, nachdem sie sich beim »Instituto Cervantes« in Madrid vergewissert hatten, daß es sich dabei tatsächlich um »einverstanden« handelte.

»Amado«, sagte ich, »wir haben jetzt Geld genug, ich ziehe zu euch nach Malacatoya. Wir bauen ein größeres Haus, wo nicht jedes Jahr das Hochwasser hinkommt, und ich helfe dir bei der Erziehung der Kinder. Natürlich nur, wenn du willst und wenn Rosalía mit dieser salomonischen Lösung einverstanden ist.«

»Das muß ich mir sehr genau überlegen«, antwortete Amado, »ich hasse nichts mehr, als von einem Kerl wie dir abhängig zu sein.«

Das Tragflügelboot brachte uns von Granada nach San Carlos. Nach einigem Herumfragen fand ich den Capo der Piraten, die uns schon einmal nach Greytown geschippert hatten. Er nannte einen unverschämten Preis, und wir wechselten einen schmerzhaften Handschlag.

San Carlos war noch genauso versifft und verlaust wie früher. Wir warteten zwei Tage, bis das Boot zum Ablegen bereit war. Dann startete der Pirat geräuschvoll den Außenbordmotor – der größte Teil des Bootes war wieder mit Benzinfässern vollgestellt, und wieder floh alles Getier an den abgeholzten Ufern in Panik.

»Das ist ein verdammtes Remake«, schrie Amado, um den Motorenlärm zu übertönen. »Aber ich traue dir ein Happy-End zu.«

In San Juan del Norte, früher Greytown genannt, standen die Häuschen immer noch wie die Soldaten in einer Reihe. Die Holzbude, die das Restaurant beherbergte, war noch genauso armselig wie damals. Die PS-starken Motoren hingen immer noch in Reih und Glied, und außer Gallopinto gab's nur Coca-Cola.

Ich fragte die Kellnerin, die ziemlich rachitisch aussah, nach dem Patron.

»No se encuentra«, sagte sie und schielte auf eine Holztür, die zu einer Art Büro führt. Ich winkte mit einer Zehn-Dollar-Note, sie nahm sie, steckte sie in den Ausschnitt ihrer Bluse und ging auf die Tür zu. Im selben Moment öffnete sich diese Tür geheimnisvoll langsam. Der Indio, der damals mit dem großen Rucksack im Boot gesessen hatte, kam heraus, trat an unseren Tisch.

»Was gibt's?« fragte er in perfektem Castillano.

»Ich will deine Zeit nicht über Gebühr in Anspruch nehmen«, sagte ich höflich. »Wir brauchen Papiere, und ich habe das unbestimmte Gefühl, du kannst sie uns beschaffen.«

Er setzte sich zu uns an den Tisch, rauchte einen puro und schaute uns lange an.

»Was könnt ihr bezahlen?« wollte er wissen.

Ich hatte mich erkundigt und kannte die Preise. Daher sagte ich, ohne zu zögern: »Dreihundert pro Person.«

Er lachte und entblößte dabei eine Zahnlücke oben rechts.

»Fünfhundert«, sagte er, »gehandelt wird nicht.«

Ich legte zwei Paßfotos auf den Tisch, eins von mir, eins von Amado, und sagte schnell: »Fünfhundert sind o.k.«

Er nahm die Fotos, ohne sie anzuschauen, und ging zu seinem Büro. In der Tür blieb er stehen und fragte zurück, ohne den Kopf zu wenden: »Aufenthaltserlaubnis für Nicaragua?« – »Natürlich«, sagte ich, »ist doch klar.«

»Kostet noch mal hundert pro Person«, brummelte er über die Schulter. Amado und ich unisono: »Einverstanden.«

Jetzt sind wir gerade wieder in Granada angekommen: zwei kolumbianische Geschäftsleute. Amado heißt Adolfo Estéban Isauirre, agente, ich Carlos Garcia Escobar, comerciante. Unsere Aufenthaltserlaubnis ist unbefristet.

Der Weg nach Malacatoya führt am Ufer des großen Sees entlang, riesige Seiva-Bäume ragen wie Naturdenkmäler in den Himmel. Eine leichte Brandung schwappt rhythmisch an die Küste.

Amado und ich haben einen Lastwagen gemietet, und wir fahren die Staubstraße entlang. Wir singen. Nicht besonders schön, aber von Herzen.

Ab und zu trinken wir Wasser aus der Feldflasche, die uns die Marodeure geschenkt haben. Auf der Ladefläche haben wir Ziegel und Bauholz.

Zwei Leben liegen hinter uns, wir haben sie wie alte Kleider abgestreift.

Die Landschaft ist paradiesisch. So wie sich halt ein bescheidener Mann das Paradies vorstellt.

Wir kommen an die kleine Autofähre, die die Welt mit Malacatoya verbindet. Wir sind das einzige Fahrzeug, obwohl für vier Autos Platz wäre. Der vorsintflutliche Dieselmotor heult auf, die Fähre setzt sich, von einem Drahtseil gezogen, in Bewegung. Wir erreichen den anderen Teil der Welt, die Rückseite gewissermaßen oder das Herz, je nachdem.

Als wir nach kurzer Fahrt vor Amados Haus ankommen, steht Rosalía da, einen Korb Wäsche in der Hand, und weint vor Freude. Sie hat einen Kuchen gebacken, der ein bißchen sitzengeblieben ist, wir trinken Kaffee aus Blechbüchsen und rauchen alle drei einen puro.

Die Kinder, sieben an der Zahl, haben in einiger Entfernung gespielt. Jetzt kommen sie angerannt, klettern auf ihren Papa und schreien so begeistert, daß er sich die Ohren zuhalten muß. Schließlich, als es ihm zuviel wird, läuft er zum See hinunter, der fünfzig Meter vom Haus entfernt liegt.

Jetzt stürzen sich die Kinder auf mich, schreien »abuelo«, klettern an mir hoch und ziehen mich an den Ohren.

Endlich kann ich mich befreien und renne in Richtung See. Ich überlege fieberhaft, ob es eine gute Idee war, hier ein neues Leben anzufangen.

Amado hat feuchte Augen, als ich an seine Seite trete. Er legt mir den Arm um die Schultern und sagt mit erstickter Stimme: »Ist es nicht schön hier? Ich glaube, das ist der schönste Platz auf der Welt.«

Ein Vierteljahr später ist das Haus fertig.

Es sieht aus wie eine traditionelle Finca, die ich

oft in Nicaragua gesehen und mir sehnlich gewünscht habe. Es liegt auf einem Hügel, und im oberen Stock habe ich ein Zimmer ganz für mich allein. Am Fenster, das einen wunderbaren Blick auf den See freigibt, steht ein einfacher Holztisch mit meiner alten Underwood-Schreibmaschine.

Die Wände sind aus Tonziegeln, außen und innen mit Lehm verputzt. Das Haus umläuft auf allen vier Seiten eine breite Veranda, von handgemachten Holzsäulen gestützt, so daß man zu jeder Tageszeit einen Schattenplatz findet.

Das schwere Dach wird aus doppelt gebrannten Mönch- und Nonnenziegeln gebildet; überall im Haus haben wir Schlitze und Öffnungen angebracht, damit die Luft zirkulieren kann. Jeder ökologisch orientierte Architekt müßte ob dieses einfachen Wunderwerkes in Begeisterung ausbrechen. Die hygienischen Anlagen, sprich ein kleines Badehaus und drei Trocken-Plumpsklos, stehen etwas abseits. So hat das Ehepaar eines, die Kinder und ich eines, und es gibt keinen Streit.

Unweit des Hauses gibt's einen Gemüsegarten und ein Gehege für die Hühner. Direkt vor der Küche habe ich ein Gewürzgärtchen angelegt, mit allen möglichen Kräutern für die kulinarische Verfeinerung. In der Küche wird auf Holzkohlenfeuer gekocht. Daneben liegen die Schlafräume für Kinder und Eltern. Auf der Veranda hat Amado mehrere Hamacas angebracht, in denen man sich auch tagsüber, in den brütenden Nachmittagsstunden, in einen schattigen, erholsamen Schlaf schaukeln kann. Ein Paradies im reinsten Sinne des Wortes. Die Wiesen des Elysiums, schon in der diesseitigen, von jeglichen Sorgen und Mühsalen befreiten Welt.

Zum Einweihungsfest kommen alle Nachbarn und Verwandten, essen, trinken, schwatzen und tanzen zu kolossal lauter Salsa-Musik.

Dann werden die stillen Tage beginnen, denke ich mir. Ich werde an meinem Schreibtisch sitzen, auf den See hinausschauen und Gedanken zu Papier bringen, die die Welt jenseits der Fähre aufhorchen lassen. Mittags ruft Rosalía zum Essen, wir sitzen an einer langen Tafel, artig futtern die Kinder, wir trinken ein Gläschen Wein oder zwei und nach dem Essen meinen geliebten Carachillo. Rosalía kümmert sich um den Abwasch, während Amado und ich ein Schwätzchen halten und wir uns eine handgerollte Zigarre zu Gemüte führen.

Mein Gott, du allgütiger Vater, ist das Leben nicht wunderbar!

Könnte das Leben nicht wunderbar sein.

KÖNNTE!

Denn jenseits meiner Träume, die mich am Tag begleiten und in den Schlaf verfolgen, sieht die Wirklichkeit ganz anders aus. Rosalía, die täglich merkbar an Gewicht zunimmt, hat entdeckt, daß sie am liebsten in einer Hängematte auf der Veranda liegt, vor sich einen batteriebetriebenen Farbfernseher. Dort schaut sie schon um sechs Uhr morgens einen Micky-Maus-Film vom Altmeister Walt Disney an. Zur gleichen Zeit beginnen die Kinder so zu rumoren, daß an Schlaf nicht mehr zu denken ist.

Ich bereite also das Frühstück für zehn Personen

zu, presse Orangen, koche Kaffee und Ovomaltine, backe Tortillas und decke den Tisch.

Amado macht die Betten und zieht die Kinder an. Dann packt er sie in den Pick-up, den ich gekauft habe, und bringt sie zur Schule bzw. in den Kindergarten.

Rosalía schaut Micky Maus, während ich das Frühstücksgeschirr abwasche. Dann wische ich mit dem nassen Feudel die Böden auf, gieße den Garten, reinige Waschhaus und Latrinen und rupfe anschließend das Unkraut aus den Beeten.

Amado kommt zurück. Er putzt das Gemüse, schält die Kartoffeln, kocht Gallopinto, backt die Tortillas fürs Mittagessen.

Ich helfe in der Küche, dann decke ich den Mittagstisch. Rosalía schaut immer noch Micky Maus und schreit nach einer kühlen Limonade.

Wir essen an der langen Tafel, die Kinder lärmen, streiten, machen Unfug, werfen mit Brotkugeln. Amado und ich waschen ab. Er fährt mit dem Boot raus, um einen Fisch fürs Abendessen zu fangen.

Ich mache unterdessen mit den Kindern Schularbeiten. Dann wasche ich die Wäsche auf dem altmodischen, steinernen Waschtisch. Amado kommt zurück, hängt die Wäsche auf. Ich putze das Gemüse fürs Abendessen, koche den Fisch, Reis und Bohnen, decke den Tisch.

Amado bringt die Kinder zu Bett. Ich wasche das Geschirr ab. Rosalía schaut wieder Micky Maus.

Amado erledigt den Papierkram, ich gehe zu meinem Schreibtisch, setze mich an die Schreibmaschine, und – und es fällt mir nichts ein, absolut gar nichts. Ich glotze auf den langweiligen See, in dem sich der Mond silbern spiegelt. Das Papier bleibt leer.

Von unten ruft Rosalía mit von Tag zu Tag sonorer werdender Stimme: »Kann mir nicht einer von euch faulen Säcken einen Night-cup bringen?« (Dieses Wort hat sie aus dem Ami-Fernsehen aus Miami.)

Ich runter in die Küche, presse Orangen, Amado hackt Eis, Rosalía kriegt ihren Night-cup.

Amado putzt noch die Schuhe.

Ich falle ins Bett und die Moskitos über mich her. Ich wurstle das Moskitonetz zurecht, stopfe es fluchend unter die Matratze.

Unten quietscht Rosalía: »Nicht schon wieder! Laß mich den Film zu Ende sehen …«

Dann schlafe ich endlich ein, todmüde und glücklich, so glücklich, wie ich noch nie im Leben war.

Und am nächsten Morgen rumoren die Kinder wieder, und Rosalía, die ich über alles liebe, schaut Micky Maus. Und ich geh zu meinem Schreibtisch, schau auf den verdammten See im Glanz der Morgensonne, nehme das ganze weiße, unbeschriebene Papier und zünde damit das Feuer an für den Frühstückskaffee.

EPILOG

Rosalía ist wieder schwanger.

Amado hat mir heimlich gestanden, daß er wieder ins Gefängnis will.

Der Verlag, dem ich die Nummer des Ausländerkontos von Adolfo Estéban Isauirre gegeben habe, hat eine erste Akontozahlung überwiesen. Ich weiß das, weil Amado mich gestern gefragt hat, was denn das für eine Anweisung sei, die er da aus Europa erhalten habe.

»Von einem Verlag«, sagt er ganz verwundert. »Das wird doch nicht für das schwachsinnige Zeug sein, das du seit Monaten zusammengekritzelt hast?«

Gott sei Dank muß ich nicht antworten, weil Rosalía in diesem Augenblick nach ihm ruft. »Der Film ist aus, bring mir endlich was zu trinken, eine Marguerita oder – warte – lieber noch eine Piña Colada.«

Als ich an Rosalías Hängematte vorbeigehe, um die Wäsche von der Leine zu nehmen, gibt sie mir einen Klaps auf den Hintern.

»Dichter«, sagt sie kaugummikauend, »wie würdest du unsere Situation beschreiben?«

Ich denke nach.

»Mit einiger Phantasie würde ich von einer Dreierbeziehung sprechen …«

»Das hätt'st du wohl gern«, gurrt sie und zwickt mich in die Hüfte. Aus der Küche ruft Amado: »Ich vermute, liebste Rosalía, für dich ist das der Inbegriff von Emanzipation.«

Sie räkelt sich in der hamaca.

»Unsinn«, sagt sie todernst, »unter gebildeten Leuten nennt man so etwas Entwicklungszusammenarbeit ...«

Brief der Doña Rosalía Morales
an den Eichborn Verlag
(Übersetzt aus dem nicaraguanischen Spanisch von
Padre Osmar Pedro Müller)

Sehr geehrte Herren Editores,

ich habe das Manuskript von unserem »Dichter« unter seiner Matratze gefunden, als ich sein Zimmer aufräumte.

Unser Pfarrer, Osmar, ein Franziskaner, hat es mir übersetzt. Er hat mir auch erklärt, daß Dichter immer lügen und übertreiben.

Trotzdem muß ich sagen, daß die letzten Seiten des Buches eine »barbaridad« ohnegleichen darstellen, weil die Phantasie so mit ihm durchgegangen ist.

Erstens: Wir haben kein Fernsehen. Wir wollen das unseren Kindern nicht antun.

Zweitens: Ich liege niemals in einer »hamaca«, weil mein Kreuz diese durchgebogene Haltung nicht aushält.

Drittens: Es ist eine Infamie zu behaupten, daß ich täglich an Gewicht zunehme.

Viertens: Es stimmt, daß die beiden Männer, die ich von Herzen liebhabe, alle Arbeit im und um das Haus erledigen.

Dafür bin ich sehr dankbar, denn das gibt mir die Muße, die ich brauche, um meiner jetzigen Arbeit nachzugehen.

Amado hat aus der Wand unseres

Schlafzimmers ein Loch herausgebrochen, welches mit einem Holzladen verschlossen werden kann. Wenn mir danach zumute ist, schwenke ich diese »persiana« wie eine Klappe an einem Scharnier nach draußen und befestige sie mit einem Spreizstab. Nun flutet das Licht in mein Zimmer, das ich auch mein Atelier nenne. Direkt neben dem Fenster steht eine Staffelei, an der ich im Sitzen meine Bilder male. Es sind Bilder der Welt, so wie ich sie sehe.

Das tausendfältige Grün der Pflanzen, der Büsche, Blumen und Bäume, die tausend verschiedenen Formen der Blätter, die Wellen unseres Sees, von lichtblau über türkis zu ultramarin, die Vögel des Waldes, die Tiere auf der Weide, aber ganz besonders die Menschen.

Meine Bilder wimmeln von Menschen, die lachen, arbeiten und Feste feiern. Viele Kinder laufen herum, spielen, schreien, schlagen Purzelbäume.

Und auf jedem Bild steht im Hintergrund der Doppel-Vulkan von OMOTEPE, wie ein praller, feuerspeiender Busen.

Ein Pater aus Managua, vom Orden der Trappisten, holt meine Bilder ab und verkauft sie in der Stadt – und sie finden reißenden Absatz.

Wenn Sie eine meiner pinturas sehen sollten – Sie erkennen sie daran, daß auf jedem cuadro, das ich male, ein großer, weißer Mann vorkommt, der mit einem Schreibblock und einem kleinen Bleistift ratlos herumsteht und die Szenerie um ihn herum verständnislos betrachtet.

Das ist meine Rache am Dichter und gleichzeitig die Verewigung eines lieben Menschen, der von unserer Welt so gut wie nichts verstanden hat.

Und dann trägt jedes Bild in der rechten unteren Ecke der Leinwand ein kleines r und ein kleines m.

Und das ist Ihre

Rosalia Morales

Nicaragua,
du befleckte Jungfrau,
wirst meine Geliebte sein,
für alle Zeit.
Hast mich gestreichelt,
geschlagen und ausgelacht,
hast mich bedroht,
beinah' zerdrückt
an deiner Brust.

Mein Gott,
ich liebe deine Augen,
sprechend und geheimnisvoll.
Ich liebe den Duft deiner Haare,
den salzigen Geschmack deiner Zunge,
deine Haut,
zart wie das Maul eines Fohlens.
Ich liebe deine starken Finger,
zärtlich wie der Wind
in den Zweigen des Flammenbaums,
grob wie die Krallen
des silbernen Löwen.

Ich liebe
den Duft deiner Hügel,
den Klang deiner heiseren Stimme,
die Hitze,
die aus deinem Herzen kommt.

Ich liebe dich,
Nicaragüita,
wie eine Frau:
eine schöne, feucht-heiße Frau,
die meine Novia sein wird
für alle Zeit.

Du lächelst?
Nimm dich in acht.
Es könnte sein,
daß schon das Entblößen deiner Zähne
alle meine Haare
zu Berge stehen läßt,
in der bitter-süßen Erwartung,
du könntest mich beißen.
Mucha suerte!

Dietmar Schönherr in Nicaragua

1985 folgte Dietmar Schönherr einer Einladung von Ernesto Cardenal und besuchte erstmals Nicaragua.

In Granada, mit 100.000 Einwohnern drittgrößte Stadt Nicaraguas, gründete er gemeinsam mit Cardenal das internationale Kulturzentrum CASA DE LOS TRES MUNDOS (Haus der drei Welten). Ihr Ziel: ein geistig-kulturelles Zentrum zu schaffen, um den nationalen und internationalen Austausch von Kunst, Künstlern und Kulturschaffenden zu fördern, die kreativen Kräfte der heimischen Bevölkerung zu wecken, verschüttetes kulturelles Erbe wiederzuentdecken und bei der Identitätssuche der jungen Nation Unterstützung zu bieten.

Schönherr und Cardenal retteten einen verfallenen Kolonialbau im Herzen von Granada und restaurierten ihn im Laufe eines Jahrzehnts. Durch das mächtige steinerne Tor der CASA DE LOS TRES MUNDOS betritt man heute eine blühende Oase. Das säulengestützte Haupthaus umgibt den ersten Innenhof, der auch als Open-Air-Bühne fungiert. Für Künstler und Gastdozenten gibt es im Obergeschoß fünf einfache, aber großzügige Wohnräume, von deren Balkon man auf den zentralen Platz der Stadt und den Vulkan Mombacho blickt. Durch einen Säulengang – fast immer befindet sich hier eine Ausstellung – gelangt man in den tropisch bepflanzten zweiten Innenhof, der von einem alten Mangobaum überspannt wird. An der Bibliothek vorbei erreicht man das Auditorium mit 300 Plätzen, an das sich ein dritter Innenhof mit Atelier, Werkstätten und klimatisiertem Seminarraum anschließt.

Aber das historische Gebäude ist mehr als eine wunderschöne Hülle: Die CASA ist ein Podium für Kulturveranstaltungen jeder Art. Als aktives Kultur- und Bürgerzentrum hat die CASA in einer konfliktbeladenen Zeit dazu beigetragen, Spannungen landesweit abzubauen und eine Kultur des Friedens zu propagieren.

Ein zentrales Anliegen von Dietmar Schönherr ist die Arbeit mit benachteiligten Kindern. Musikschule, Malschule und Kurse für arbeitende Straßenkinder erreichen jedes Jahr mehrere hundert Kinder und Jugendliche aus allen sozialen Schichten. Mit zahlreichen Kursen zur Weiterbildung wendet sich die CASA als musikalische und künstlerische Bildungsstätte auch an die Lehrer des Landes.

Die CASA DE LOS TRES MUNDOS steht aber auch anderen Gästen offen! Vom länderübergreifenden Kursangebot bis zu großen zentralamerikanischen Festivals (Kammermusikfestivals, Filmfestival, Zentralamerikanische Buchmesse) spannt sich ein Bogen bedeutender Veranstaltungen, die die kulturelle Integration des zentralamerikanischen Raums vorantreiben.

Kinder des Vulkans

Die Folgen des Hurrikan *Mitch* im Oktober 1998 waren auch für Nicaragua verheerend: In einem überschwemmten Gebiet nahe Granada, zwischen den Flüssen Malacatoya und Tipitapa, wurden über 10.000 Menschen von der Außenwelt abgeschnitten und mußten sich auf Bäume und Dächer retten.

An der höchsten und damit sichersten Stelle zwischen den beiden Flüssen entsteht auf Initiative von Dietmar Schönherr und CASA DE LOS TRES MUNDOS ein neues Dorf für 1300 Menschen, davon fast 1000 Kindern. Die Familien bauen ihre Häuser unter fachlicher Anleitung selbst. Neben anfänglich 125 Wohnhäusern entsteht ein Gesundheitszentrum für die gesamte Region mit mehr als 30.000 Menschen. Hinzu kommen Schule, Kindergarten, Gemeindezentrum, Jugendzentrum, ein Haus für Frauen und eine Notfallzentrale. Ein Dorf, das sicher vor Hochwasser ist und den Bewohnern eine neue Lebensperspektive schafft.

Unterstützen Sie die Arbeit von Dietmar Schönherr in Nicaragua!

Kontakt:
Pan y Arte e.V.
Marktplatz 12
97990 Weikersheim
Tel 07934-280
Fax 07934-8526
Email: info@panyarte.de
Internet: www.panyarte.de

pan y arte
FÜR NICARAGUA

Spendenkonto 44 44 15
Kreissparkasse Weikersheim
BLZ 623 510 60